Andreas Lehmann

Lebenszeichen

Andreas Lehmann

LEBENSZEICHEN

Karl **Rauch**

Ich würde darstellen, wie der Kopf ihres Mannes, der dauernd vom Tode spricht, allmählich, besonders nachts, immer mehr Ähnlichkeit bekommt mit einem nackten Schädel und wie es damit endet, daß sie, während sie einmal neben ihm liegt, die kalte Berührung eines Skeletts verspürt und darüber den Verstand verliert; ihr Wahnsinn äußert sich in dem Glauben, kein Kind, sondern ein kleines Skelett zur Welt zu bringen, und daß ihr Mann nach Schwefel röche.

Anton Čechov, 19. 2. 1895

Ein viel elementareres Bedürfnis will im Lesen wie im Schreiben befriedigt werden, der Wunsch nach mehr Leben, nach einer Ausweitung der Existenz, der unbefriedigt bliebe durch Harmonisierungen, in denen die Bewegung zur Ruhe kommen soll.

Dieter Wellershoff, *Lesen und Schreiben*

NICHTS ALS EIN NAME

Hätte ihre Mutter gewusst, dass sie ausgerechnet hierherkam, um sich von dem Besuch bei ihr zu erholen, hätte sie ihr wahrscheinlich nicht verziehen. Sie nicht verstanden jedenfalls, aber ihrer Erfahrung nach war beides so ziemlich dasselbe. Sie zog den Reißverschluss ihrer Jacke bis zum Kinn zu und schlug den Kragen hoch. Ging leicht nach vorne gebeugt, wie um nicht erkannt zu werden, obwohl ohnehin niemand hier war. Vielleicht lag es einfach am Wetter, und ihre Vorstellung, auf dem Friedhof wäre immer jemand, war falsch gewesen; ein Gärtner mindestens, alte Frauen auch, die keinen mehr hatten, dem sie das Bett machen oder einen Kaffee kochen konnten, und deshalb rund um die Uhr Gräber pflegten: Steine säuberten, Blumen gossen, selbst wenn es regnete. Doch sie war allein. Ein Auto auf dem Parkplatz und weit und breit niemand, dem es gehörte. Der Friedhof war schön gelegen, oben am Hang, und sie hatte sich immer gefragt, ob sie selbst jemals naiv und trottelig genug sein würde, den Toten diese Aussicht zu gönnen. »Von da oben«, hatte ihre Mutter gesagt, »kann ich das Haus sehen. Näher zum Himmel muss ich gar nicht.« Diese spezielle Art zu lächeln, die würde sie nie hinkriegen, nie nachahmen können. Das Haus war klein und eng, es war baufällig und wenig wert. Eine Erbschaft, die sie nicht wollte, weiter nichts. Der verwitternde Startblock, aus dem sie vor langer Zeit in die Welt gestolpert war.

Sie stand an der äußersten Gräberreihe, neben der Buche, und blickte auf das Dorf unter ihr. Das vor allem war es, was ihr guttat: dass es unter ihr lag. Einen Steinwurf entfernt, wie man so sagte. Bei dem Gedanken musste sie lächeln; sie sah sich selbst als eine Filmheldin, die die Grabsteine aus dem Boden riss und auf die Dächer schleuderte. Ein durchgedrehter weiblicher Moses, der die Gesetzestafeln auf die Idioten warf, die allzu ernst nahmen, was auf ihnen stand.

Sie wandte sich um, hatte ein Geräusch gehört. Doch niemand war zu sehen. Noch war es nicht dunkel, auch wenn der Himmel schwer und grau auf dem Nachmittag lastete. Die Wolken hatten den ganzen Tag über kaum Licht durchgelassen. Sie fröstelte, trotz ihrer Jacke, die sie beinahe nicht mitgenommen hätte. Aber sie hatte gewusst, was ihre Mutter sagen würde, und keine Lust darauf gehabt, wie ein kleines Mädchen behandelt zu werden, das sich erkälten könnte, wenn es zum Spielen nach draußen geht. Erst recht nicht jetzt, da *sie* ja im Bett lag, krank, wie sie war. Schwach, fahl und dürr; im Grunde hoffnungslos. Wie es ihr gehe, hatte ihre Mutter sie gefragt, aber doch nur wissen wollen, warum sie jetzt erst gekommen war.

»Mama«, hatte sie gesagt, mehr nicht, und sofort die alte Schwäche gespürt. Es war noch schlimmer gewesen als sonst. Wehrlos zu sein gegenüber einer Wehrlosen, das war mehr als eine Geduldsprobe. Und als ihre Mutter nicht auf ihre Fragen antwortete, nach ihren Schmerzen, nach dem, was die Ärzte meinten, sondern gleich vom Friedhof sprach, von der wunderbaren Aussicht, da war ihr schlagartig klar, dass sie hierher gehen würde. Nicht in Freddys alte Kneipe, nicht auf den verwitterten Spielplatz, nicht in den Wald. Auf den Friedhof, den einzigen Ort im Dorf, an dem ihr Name nicht bekannt war.

Sie schlenderte durch die Gräberreihen, als ginge sie in einem Park spazieren. Etwas in ihr war auf der Hut, vielleicht lag es an dem Geräusch von eben, vielleicht an der Sorge, es könnte doch noch jemand kommen und sie erkennen. Sie mustern und ausfragen und alles ihrer Mutter erzählen. »Du hier?«, würde dieser Jemand sagen, wer auch immer es wäre, »die echte Jana Freyer lässt sich tatsächlich mal blicken?«, und mit dünnem Lächeln den Kopf schütteln. Als Kind war sie nie auf den Friedhof gegangen – ihr Vater hatte ihr zu viele Gruselgeschichten erzählt –, die Mutter aber war immer schon gerne hier gewesen. Obwohl ja niemand ihrer Leute hier lag. Ihr Vater war aus dem Osten nicht heimgekommen, lag jetzt, falls überhaupt ein ganzer Körper übrig geblieben war, irgendwo an einem Ort verscharrt, den sie nicht kannte und dessen Namen, hätte sie ihn gekannt, vermutlich nicht hätte aussprechen können, und ihre Mutter, Janas Großmutter also, hatte darauf bestanden, dort begraben zu werden, wo sie geboren war. Zwei Orte weiter nur, sie hatte auch das nie verstanden; dass man bloß ein paar Meter gehen müsste, um das Gefühl zu haben, endlich wieder zu Hause zu sein, zurückgekehrt aus der Fremde. Vielleicht war es gerade das, was ihrer Mutter gefallen hatte: auf einem Friedhof zu sein und dem eigenen Namen nicht zu begegnen. Kein Stein, der die eigene Zukunft zeigt, kein Warnschild, keine Gesetzestafel, die einen meint. Wahrscheinlich aber waren das nur ihre eigenen Gedanken, die sie ihrer Mutter in den stummen Mund legte. Ihre Lippen waren rissig gewesen, kurz hatte sie sich geekelt. Erst vor ihr, dann vor ihrer eigenen Reaktion.

Im Vorbeigehen las sie, was auf den Grabsteinen stand. Manche Namen kannte sie, und immer rechnete sie nach, wie lange das Leben gedauert hatte, an dessen tristem Denkmal sie vorüberging. Doch sie blieb nirgendwo stehen. Stehen bleiben war das Eine, das sie sich hier grundsätzlich verbot. Als ihr Vater abgehauen war, hatte sie ihn gehasst dafür und zugleich verstanden. Erst recht gehasst wohl, weil sie ihn verstand, ihm hatte folgen wollen und es natürlich nicht konnte, nicht mit elf. Eine deutlich ältere Halbschwester ihres Vaters musste hier irgendwo liegen, aber sie war sich gar nicht sicher, wie sie hieß. Noch einmal hörte sie das Geräusch und wandte sich rasch um. Es war nur ein Vogel, ein Eichelhäher, der auf der großen Mülltonne gelandet war und gleich wieder abhob.

Sie sah auf die Uhr, beschloss, in wenigen Minuten fortzugehen. Nur ein letzter Blick hinab auf das Dorf und vorher noch die paar Schritte hinter die Kapelle. Auch dort waren Gräber, aber die Steine standen schief, es gab offensichtlich niemanden mehr, der sich um sie kümmerte. Sie ging zügig dorthin, beugte sich zu einem der Gräber hinab und las das Warnschild, auf dem stand, dass der Stein sich abgesenkt habe. Jede Annäherung, stand dort, nur auf eigene Gefahr. Sie musste schmunzeln, trat absichtlich auf die Erde davor, dorthin, wo der Sarg vor langer Zeit eingegraben worden sein musste. Sie hatte festen Stand, nichts passierte. Ein Stück dahinter lag ein Stein schon flach auf dem Boden, den wollte sie noch ansehen. Nur diesen noch.

In drei großen Schritten war sie da, und sie musste in die Knie gehen, um überhaupt etwas erkennen zu können. Verwitterter Kalkstein, Moos und Flechten darauf. Ihrem ersten Blick traute sie nicht, aber das Gesehene war schon in sie gedrungen. Etwas davon jedenfalls, wie der dumpfe Knall eines Schlags, dessen Wucht man noch nicht spürt, nicht lokalisieren kann. Sie schloss ihre Augen, öffnete sie wieder, las erneut, was dort stand: *Jana Freyer 1907 bis*

Der Rest war nicht zu erkennen. Ihr traten Tränen in die Augen, etwas sehr Schweres fiel aus dem Nichts in die Mitte ihres Körpers und verlagerte plötzlich ihren Schwerpunkt so, dass sie Mühe hatte, nicht umzufallen. Sie stützte sich mit beiden Händen auf dem Boden ab, starrte an dem Grabstein vorbei, auf allen vieren jetzt, wie ein kleines Kind. *Weg hier,* dachte sie, dachte dieses Kind, aber dafür reichte ihre Kraft nicht aus. Sie wagte einen letzten Blick, sah noch immer ihren eigenen Namen, auch wenn er einer anderen Person gehörte, aus einer anderen Epoche, verwitternd wie in einer Geheimschrift, die sich nach und nach selbst auflöste.

Irgendwann schaffte sie es aufzustehen. Sie ging langsam fort, vorsichtig einen Fuß vor den anderen setzend. Sie blickte sich nicht um, wurde etwas schneller, bis sie schließlich aus dem Tor getreten war und es hinter sich geschlossen hatte. Das Auto stand nicht mehr auf dem Parkplatz, obwohl sie es nicht hatte fortfahren hören. *Weg hier,* dachte es erneut in ihr, weg, bevor doch noch jemand sie sah. Sie erkannte.

Der Wind wurde stärker, ihr war kalt. Aber plötzlich tat die Kälte gut, wie die Umklammerung einer Kraft, die sie nicht im Stich lassen würde. Und weit hatte sie es ja nicht. Nur immer hügelab, bis sie irgendwann zu Hause war.

I.

»David – wofür lebst du?«

»Was?«

»Warum du morgens aufstehst, meine ich. Duschst, dir was Sauberes anziehst, pünktlich zur Arbeit gehst. Jeden Tag. Weißt du eigentlich, wofür du das alles machst? Was dich eigentlich … antreibt, meine ich.«

»Warum fragst du mich das?«

Sie zuckte mit den Schultern, zog die Knie an. Sie trug noch ihren Schlafanzug. »Jeden verdammten Tag, David.« Sie sah ihm in die Augen, über ihre Kaffeetasse hinweg.

»Ist alles okay bei dir?«

»Schon in Ordnung.« Sie war hörbar enttäuscht. »Mach dir keine Sorgen. Ist nur so eine Stimmung.«

Es war Samstag. Er kaufte auf dem Markt ein, bereitete ein aufwändiges Essen zu. Er nahm sich Zeit, gab sich intensiver als sonst dem Kochen hin, den einzelnen Handgriffen. Alles trat deutlicher aus dem Hintergrund hervor, das Rot der Tomaten, die glatte Haut der Paprika, der Duft des Knoblauchs und die Schärfe der Zwiebeln. Trotz seiner Langsamkeit schnitt er sich in den Finger. Er betrachtete das Blut, das auf das Holzbrett tropfte; er konnte nicht wegsehen. Es war erschreckend und doch auf eine Weise schön, die er nicht verstand.

»Jana«, flüsterte er. Ihm wurde warm, er hörte nicht auf, seinen blutenden Finger zu betrachten.

Morgen war Sonntag, ein Tag, der meistens nur aus vergehender Zeit bestand. Und übermorgen ging er wieder ins Büro.

IM KELLER

Eine Fresse hatte der jetzt, zum Reinschlagen. Reuther versuchte ihn so anzustarren, dass er nichts mehr sah; verbot sich zu blinzeln, damit ihm Tränen in die Augen stiegen und einen Vorhang vor seinen Blick schoben. Bloß nicht wegschauen, sagte er sich, dann fällst du auf. Die optische Flucht in die Unschärfe gelang ihm, aber seine Gedankenstimme schaffte es nicht, Carlsens Predigt zu übertönen. Ein Vorwärtstext, wie immer, reinste Optimismuspropaganda. Gerade heute, in Zeiten wie diesen, Boston-Matrix, Bindungsangst, enger zusammen und Blick in die Zukunft. Mehrwert generieren. Der versprühte Wörter wie Konfetti, und je lauter er redete, desto hässlicher wurde er. Aber schweigend war er auch nicht zu ertragen.

»Verstehen Sie«, sagte Carlsen, »verstehen Sie das?«, und blickte nacheinander jedem in die Augen.

Reuther hatte das Gefühl, dass er eine Dusche überstehen musste, ohne nass zu werden. Je mehr man ihm das Weitermachen einprügeln wollte, desto tiefer grub er sich in die Erde. Etwas war in ihm, das resignieren wollte, immer. Endlich aufgeben. Endlich nichts mehr versuchen, nichts mehr beginnen müssen, endlich niemandem mehr zeigen müssen, dass man voller Hoffnung sei. Das Einzige, das man unaufhörlich betreiben konnte, war dieses innere Sprechen vom Aufhören.

Ein paar Sekunden lang hatte er es geschafft, nur noch sich selbst zu hören, aber jetzt mischte sich wieder Carlsens Tenor ein. Ein paar Wörter nur, Satzfetzen erst, dann ganze Sentenzen. Der Motivationslärm übertönte Reuthers Resignationsfantasien.

»Und in diesem Sinne«, rief Carlsen jetzt: »An die Arbeit, Kollegen!« Tatsächlich klatschte er dreimal in die Hände, und Reuther sah, wie manche der Umstehenden ebenfalls ihre Hände hoben. Er biss die Zähne aufeinander. Wenn es einmal so weit käme, dass wirklich die ganze Abteilung sich selbst applaudierte, würde er kündigen. Jeden einzelnen Vertrag, der noch Bestand hatte – den mit der Firma, den mit der Telefongesellschaft, mit der Versicherung. Den Vertrag mit seiner Vermieterin und den lausigen mit der Sparkasse. Den mit seiner Existenz. Bindungsangst, dachte er.

Carlsen richtete seinen Kragen, ohne das Halstuch zu berühren. Natürlich trug er ein Halstuch, passend zum Jackett, alle trugen ja jetzt Halstücher. Oder Schals, seinetwegen. Ganz gleich wie kalt oder warm es war, auch im Büro, im Konferenzraum, während einer Besprechung. Carlsens Tuch war blau, seidig glänzend und kunstvoll zerknittert. Mehr Schmuck als Schutz.

Reuther verließ Carlsens Büro und ging auf die Toilette. Wenn es hart auf hart kam, war das der einzige Ort, an dem man etwas Frieden fand. Er schloss ab, setzte sich auf den Klodeckel und atmete durch. Ihm kam eine Filmszene in den Sinn, in der jemand in die Toilette getaucht war, kopfüber, und plötzlich, nach ein paar Brustzügen, in einem surrealen Ozean schwamm. Klares Wasser, zartes Blau, in das Licht einfiel von oben. Reuther lächelte, er schloss die Augen. Unter ihm war kein Ozean, er wusste das; kein sanftes Kleiner-Junge-Blau und kein Licht aus irgendeiner tröstlichen Ferne.

Er fühlte sich besser, als er zurück auf den Flur trat, aber die paar Minuten Ruhe genügten selten. Er musste sich bewegen jetzt, konnte unmöglich stillstehen. Frustwandeln nannte er das. Umhergehen, sinnlose Bewegung, am liebsten im Verborgenen; immerhin, er wusste, was ihm guttat. Er nahm sich einen Hauspostumschlag und stieg die Treppe hinab. Begegnete er jemandem, würde er mit dem Umschlag grüßen, und sofort wäre sichtbar, dass er einen Botengang zu erledigen hatte. Dass der Umschlag leer war, wusste ja niemand. In Zeiten wie diesen, dachte Reuther, und seine Lippen verzogen sich zu einem Lächeln.

Er schlich am Pförtner vorbei, durch die große Halle, in der früher die Druckmaschine gestanden hatte und die jetzt als Lagerraum untervermietet war. Seltsamerweise stand sie meistens leer, bis auf ein wenig Gerümpel, für das niemand ernsthaft Geld bezahlen konnte. Er trat sachte gegen eine leere Europalette, klopfte an ein verzogenes Metallregal, wie um dessen Festigkeit zu prüfen, und sah sich schließlich um, bevor er die Tür öffnete, die zur Kellertreppe führte. *Ich war nicht hier,* hatte jemand in den blauen Lack gekratzt, Buchstabe für Buchstabe. Eine sorgfältig ausgeführte Arbeit.

Reuther hob ein letztes Mal den leeren Umschlag, zu niemandem, nur eine Sicherheitsmaßnahme, und zog die Tür leise hinter sich ins Schloss. Einen Schlüssel gab es nicht, leider. Licht machte er keins, die paar Schritte im Dunkeln waren ihm angenehm. Er nahm tiefe Atemzüge, und anstatt sich an den muffigen Geruch zu gewöhnen, diesen sonderbar kühlen Atem der Jahre, nahm er ihn immer intensiver wahr. Als er das Gefühl hatte, selbst älter zu werden, sich anzupassen an das Dunkel des Treppenhauses, ging er weiter. Hinab, Stufe für Stufe. Die meisten Kollegen liebten es, auf das Dach zu steigen. Oft wurde einer damit beauftragt, Bier zu holen oder Wein oder Pizza, im Sommer jedenfalls, gleich nach Feierabend, und dann sahen sie hinab auf die Straße, auf die anderen Häuser; dem Himmel, wie sie zu glauben schienen, fünf, sechs Meter näher als die meisten Menschen. Roof-Top-Party, hatte jemand gesagt, wahrscheinlich war es Carlsen gewesen. Mehrwert generieren, dachte Reuther, und in Gedanken schlug er Carlsen in den Magen. Schmerz generieren.

Als er ganz unten war, machte er Licht. Lange hatte hier nur eine Glühbirne gehangen, dumpfes, nacktes Licht, aber seit der letzten Brandschutzbegehung gab es das nicht mehr. Die Halogenröhre surrte leise (wie ein künstliches Insekt, dachte Reuther, es war jedes Mal derselbe Gedanke, der ihm jedes Mal wieder gefiel), es klickte zwei-, dreimal, dann war der Keller erleuchtet. Die künstliche Nacht war zum künstlichen Tag gemacht, und Reuther brauchte einen Augenblick, um sich zu orientieren. Auch das war immer so, er verstand es selber nicht.

Die Regale waren dicht an dicht gestellt, nur Fluchtwege waren freigelassen. Ordner lagerten hier, zu Hunderten, Daten aus Zeiten, in denen man wahrscheinlich noch gar nicht von Daten gesprochen hatte: Namen und Adressen, mit der Hand oder der Maschine geschrieben, Werber und Werbeprämien, Abonnenten, Träger, Lieferanten. Ein Archiv der Mühe und Vergeblichkeit. Reuther versuchte die tröstliche Wirkung, die davon ausging, zu ergründen, seit er zum ersten Mal hier unten gewesen war. Vielleicht lag es einfach nur daran, dass das Zeug so alt war; selbst Grabsteine strahlten ja etwas Befriedendes aus, und je älter sie waren, desto befriedender. Vielleicht weil man weniger allein war inmitten der vielen fremden Namen. Und vielleicht weil immer die anderen starben, nie man selbst.

Reuther zog einen Ordner aus dem Regal und schlug ihn auf, ohne wirklich darin zu lesen. Er atmete den Geruch ein, den uralten Staub. Etwas muffig, aber doch trocken, ungiftig. Und die mit der mechanischen Schreibmaschine in das Papier gedrückten Buchstaben waren das Gegenteil von Carlsens Stimme. Nichts, das hier stand, könnte der laut vorlesen, und nichts, das der erzählte, könnte man so aufschreiben.

»Nichts.« Reuther lauschte seiner eigenen Stimme, auch das machte er immer. Es war jedes Mal ein anderes Wort, das er aussprach, darauf achtete er, und je nachdem, wo er stand, hallte es mehr oder weniger. »Nichts«, wiederholte er, der Zischlaut am Ende gefiel ihm, er hatte nie gemerkt, was für ein schönes Wort das sein konnte.

»Nichts.«

Reuther drückte den Ordner an seine Brust und biss die Zähne aufeinander. Dies war kein Echo gewesen, das er gerade gehört hatte. Kein *Nichts,* das ihm Antwort gab. Am liebsten hätte er das Licht gelöscht, aber dann kam ihm der Gedanke, dass es vielleicht ein Tier gewesen war. Ein Gedanke, der nicht im Kopf entstand, sondern in tieferen Regionen seines Körpers; im Magen oder darunter, in der Dunkelheit seiner Eingeweide. Ein Tier, das sich gefangen fühlte und Angst bekam; das gefährlich wurde, wenn man im selben Käfig saß.

Sekundenlang herrschte Stille. Reuther hörte erst seinen eigenen Atem, dann das minimale Summen der Halogenröhre, dann Schritte, leise zwar, schlurfend, aber eindeutig Schritte, und schließlich ging eine Tür, am anderen Ende des Raums. Und da wusste er es, so unzweifelhaft, dass er selbst nicht begriff, wie er unsicher hatte sein können: Der Trinker hatte sein Depot aufgesucht. Oder die Trinkerin, aber Reuther sah eher einen Mann vor sich. Älter schon, vielleicht so lange dabei, dass er die Einführung der Computer miterlebt hatte. Dieselben Hemden seit zehn, seit fünfzehn Jahren, dieselbe Plastikbox für die Frühstückspausenbrote. Dieselbe Ledertasche, in der nichts war als diese Brotbox und vielleicht eine Thermoskanne mit dünnem, saurem Kaffee. Und Nachschub, ab und zu. Bei einem seiner allerersten Gänge in den Keller hatte Reuther die Flaschen entdeckt. Kognak, Korn und ein ziemlich edler Gin. Die Mischung war seltsam, und ganz bestimmt war sie männlich. Nein, eine Trinker*in* konnte es wirklich nicht sein. Wenn Reuther wieder nachsah, waren die Flaschen leerer geworden oder es standen neue da. Andere Sorten manchmal, das kam vor, aber immer drei Flaschen. Niemals zwei, niemals vier. Und niemals gar keine. Er war in Gedanken schon mehrmals die Belegschaft durchgegangen, hatte sich das Gesicht jedes älteren, männlichen Mitarbeiters vor Augen geführt, aber im Grunde wollte er gar nicht wissen, wessen Lager das hier unten war. Manchmal glaubte er sogar, es schütze den Trinker vor Carlsen, wenn er ihn nicht kannte. Als könnte Carlsen ihm den Namen des Kollegen aus den Augen ablesen, dem Atem ablauschen oder mit einem Trick aus der Tasche ziehen. Weitermachen, in Zeiten wie diesen, Deckungsbeitragserhöhung; er war nicht Carlsen, weiß Gott nicht, er ließ jedem die Freiheit, sich sein Gefängnis selbst auszusuchen. »Nichts«, sagte er noch einmal, ein Flüstern jetzt, fast ein zärtlicher Laut: »Nichts.«

Reuther entschied, er habe nun lange genug gewartet und könne nachsehen gehen. Um das Regal herum, durch die schmalen Gänge, an dem uralten Waschbecken vorbei. Einmal hatte er den Hahn aufgedreht, das Quietschen von rostigem Metall, und war erstaunt gewesen, dass tatsächlich klares, kaltes Wasser herauslief. Schon kurz bevor er bei der Tür war, bei dem Schnapsdepot, kam ihm der Geruch entgegen. Der Gestank. Säuerlich, alkoholisch, ungesund. Wahrscheinlich hätte er das Würgen des Trinkers gehört, wenn er nur zwei Minuten früher hinabgestiegen wäre. Und als er hinter das Regal blickte, den Karton mit den alten Belegen ein Stück zur Seite zog, wurde ihm selbst kurz übel; eine kleine Lache nur, aber bleich und schlierig, wie wässriger, gärender Teig. Er wandte seinen Blick rasch wieder ab, doch der kurze Moment genügte, um das Tuch zu entdecken. Reuther hielt inne, schloss die Augen, bevor er noch einmal hinsah. Er hielt den Atem an und beugte sich ein Stück vor, fragte sich kurz, ob der Gestank tatsächlich auch den Blick trüben könne. Es war zu einem kleinen Ball oder Ballen zusammengeknüllt, nicht größer als eine Faust, dennoch erkannte er es. Blau, seidig glänzend, zerknitterter Stoff, weder Schmuck noch Schutz. Nur das Spucktuch eines Erwachsenen. Bindungsangst, dachte Reuther. Oder Angst, einfach nur Angst.

Langsam schob er den Karton zurück, er war schwerer jetzt, unhandlicher. Er hielt sich die Nase zu und atmete durch den weit geöffneten Mund. Raus hier, zurück ans Licht. Die Tür war abgeschlossen, so wie immer, der Trinker musste den Schlüssel haben. Noch immer nannte er ihn so. Jeder hatte das Recht, ohne Namen zu sein. Reuther ging zurück, den ganzen langen Weg, löschte das Licht und stieg hinauf, wie er hinabgekommen war. Je weiter er nach oben kam, desto größer wurden seine Schritte. Er stieß die Tür auf und schlug sie lautstark wieder zu. Wessen Albtraum wir auch immer sind, dachte er, hoffentlich wacht er bald auf. Jetzt erst merkte Reuther, dass er den Hauspostumschlag vergessen hatte, aber es war ihm egal. Vielleicht fand ihn irgendjemand, vielleicht auch nicht. Er grüßte den Pförtner, der freundlich nickte, kein bisschen überrascht, und ging zurück, die Treppen hinauf zu seinem Büro. Als er oben war, ging ihm der Atem schwer, und er stützte sich auf seinem Schreibtisch ab. »Nichts«, sagte er leise, zu niemandem, und lauschte seiner Stimme, die hier dünn und ohne Echo war: »Nichts. Nichts. Nichts.«

II.

Eigentlich las er nie in den Apotheken- und Gesundheitszeitschriften, die Jana mitbrachte. Sie löste die Rätsel und das Sudoku, las hin und wieder einen Artikel. Ihn langweilten sie bestenfalls, meistens machten sie ihm Angst. Am Abend jedoch hatte er den Fehler gemacht, etwas über Tumorhunde zu lesen, auf das Jana ihn aufmerksam gemacht hatte. Die Tiere konnten riechen, wenn Krebsgeschwüre bei Menschen wucherten.

Nachts träumte er schlecht, und auf dem Weg zur Arbeit war er entsetzt, wie viele Hunde an ihm schnüffelten. Einer hörte nicht auf, sich für ihn zu interessieren; er sah an einer Ampel zu ihm auf und jaulte ihn an, als er losging.

Bei der Arbeit war er wortkarg.

»Was hast du?«, fragte Agnes und trat hinter ihn, »du bist so still heute.«

Er schloss seine Augen, beide Hände noch auf der Tastatur.

»Oh, du riechst aber gut.«

Agnes beugte sich vor, er spürte ihr Gesicht direkt neben seinem. Er hielt die Luft an, rührte sich nicht.

»Mmh«, machte sie, übertrieben genüsslich, »ein neuer Duft?«

»Um Gottes willen, koffeinfrei!«, sagte ich und wedelte mit beiden Armen: dem ganzen und dem Stumpf. »Wenn Sie mir den Espresso geben, falle ich auf der Stelle tot um: Kardiohypertrophobie.«

Die junge Frau erschrak, ich wusste nicht, ob aus Angst, einen schrecklichen Fehler zu begehen, oder weil sie dachte, um Himmels willen, schon wieder so ein Spinner, immer bei mir, und tauschte rasch die Becher aus. Ich dankte ihr, ohne zu lächeln, und humpelte auf den Bahnsteig. Ich war zu früh, wie immer, viel zu früh, aber wenn man sich um eines nicht zu kümmern brauchte, dann darum, dass die Zeit verging. Manchmal, hatte ich neulich zu der Frau an der Supermarktkasse gesagt, sitze ich zwei Stunden lang reglos vor der Uhr und sehe den Zeigern zu, wie sie sich langsam, fast unsichtbar langsam fortbewegen. Entweder, hatte ich gesagt, erträgt man es nicht und springt auf, rennt hinaus ins Freie, bevor man den Verstand verliert, oder man hält durch, wird immer leichter und leichter und doch innerlich fester und steht dann, wenn die zwei Stunden vergangen sind, auf, als wäre man aus einem wunderbaren, traumlos-heiteren Schlaf erwacht. Wie Urlaub, hatte ich gesagt, aber nichts für schwache Nerven. Sechzehn fünfunddreißig, hatte die Frau gesagt, bar oder mit Karte?

Ich ging in den Raucherbereich, das Bein ein wenig mehr nachziehend als nötig, stellte meinen Rucksack auf dem Boden und den Kaffee auf dem Aschenbecher ab und fischte eine Zigarette aus meiner Hemdtasche. Ich wusste um die Blicke, ohne jemandem in die Augen zu sehen; die Haut spürt das irgendwann, so wie aufkommenden Wind oder eine plötzliche Wärme. Mitleid, manchmal, auch Abscheu oder Ekel, meistens jedoch einfach Erstaunen, ein Interesse, Neugier eher, die nie lange anhielt, aber für Momente nicht zu verbergen war.

Bereits im Krankenhaus hatte ich mir angewöhnt, den Leuten Geschichten aufzutischen. Nicht schon als Kind, natürlich nicht, aber später, wenn immer wieder Schmerzen kamen und ich zu Nachbehandlungen oder den ewigen Kontrollen eingeliefert wurde. Sie werden mir nicht glauben, sagte ich, dann sah ich mich um und sprach leiser weiter, und Sie dürfen es um Gottes willen nicht weitererzählen. Die Ärzte hören das gar nicht gern.

Ich steckte mir die Zigarette an und blies den Rauch in die Luft, erleichtert, wie immer, ohne zu wissen, weshalb eigentlich. Immerhin hatte mir niemand Hilfe angeboten; eine Zigarette anstecken, das geht auch mit einem Arm, es sei denn der Wind spielt verrückt oder man hat nur Streichhölzer bei sich. Ich rauchte, legte immer wieder die Zigarette auf den Rand des Aschenbechers und trank einen Schluck von meinem Kaffee. Koffeinfrei, tatsächlich war es besser, so viel, wie ich trank von dem Zeug.

Wann ich zum ersten Mal meinen Bruder ins Spiel gebracht hatte, wusste ich nicht mehr, aber seitdem war das mein Favorit. Siamesische Zwillinge, jeder kennt das, niemand hat es je selbst erlebt oder gesehen. Geburt und Tod, Krankheit und Nähe; Gefahr und Verdammnis und ein Leben, ganz anders als das, was jeder zu kennen glaubt. Zu zweit, sagte ich, zu zweit mit nur drei Armen, das kann sich keiner vorstellen. Meine arme Mutter, sagte ich, aber danach ließ ich sie erst mal aus dem Spiel. Die Hebamme hatte die Hände vor dem Kopf zusammengeschlagen, hatte geschrien, als wir hinausgepresst in dem Handtuch lagen, im Neonlicht der Welt. Man hielt uns an den Beinen, die Hand des

Arztes konnte beide umfassen, mein rechtes und das linke meines Bruders, meines Zwillings, der mir glich wie ein Krankenhauskittel dem andern. Wir heulten los, uns gegen Licht und Kälte und Schmerzen wehrend, und fingen an zu atmen. Und dann hatte ich Pech, sagte ich immer, die Lippen schürzend und langsam den Kopf schüttelnd: Das Schicksal entschied gegen mich.

Langsam füllte sich der Bahnsteig, und ich konnte ungeniert beobachten. Wird man von allen Leuten angesehen, dann kann man ebenfalls alle Leute ansehen, kurz nur zumeist, aber offen und mit weitem, wachem Blick. Ich brauchte das, brauchte es vor allem für die Geschichten, die ich erzählte, immer wieder anders, leicht verändert nur, ergänzt um neues Personal. Nicht mit dem Mund lernt man erzählen, mit den Augen und den Ohren lernt man das.

Zum Glück fragte selten jemand nach. Der Arm, der uns beiden gehörte, meinem Bruder so wie mir, wurde verlost, sagte ich: Die Ärzte ließen meine Mutter ein Streichholz ziehen. Runzelte doch einmal jemand nicht bloß die Stirn, sondern wies darauf hin, dass ja der Arm nur ein linker oder ein rechter hatte sein können, also meiner oder der meines Bruders, so hob ich die Augenbrauen und stieß Luft durch die Nase: Ja, sagte ich, das ist es eben. Die Ärzte losten trotzdem. Hätte ich gewonnen, so hätte ich zwei linke Arme. Zwei linke Hände, sagte ich, man sagt das immer so und weiß doch gar nicht, wovon man spricht.

Eine Frau fiel mir jetzt auf, eine junge Frau, wie meistens. Sie trug ein blaues Kleid, viel zu luftig für den Tag, es war mal sonnig, mal bewölkt, mild zwar, aber nicht sehr warm. Sie hatte einen Blumenstrauß in der Hand, und obwohl sie immer wieder auf die Uhr schaute, wirkte sie überhaupt nicht ungeduldig. Eher wachsam, doch ruhig dabei, so als entginge ihr nichts, und weil sie wusste, dass ihr nichts entging, musste sie ihren Blick nicht flackern lassen wie eine Kerze im Wind. Ein Lächeln war es nicht, das sie im Gesicht trug, noch nicht, aber eben doch eine Lächelbereitschaft, eine weiche, angstfreie Empfänglichkeit. Ich löschte meine Zigarette, ließ die Kippe in den Aschenbecher gleiten, und die Frau sah mir kurz in die Augen. Auch meinen Arm schaute sie an, meinen Stumpf, doch ihr Blick veränderte sich nicht. Ich wäre gerne auf sie zugegangen, hätte ausprobiert, was ich lange nicht getestet hatte: wie gut eine Umarmung funktioniert, wenn der eine Arm fehlt. Jemanden wie Sie, hätte ich gesagt, jemanden wie *dich*, so jemanden würde ich mir gerne ausdenken.

Ich schaute weg, mir wurde warm, ich wusste nicht wieso, und trank den Kaffee aus. Ich wünschte mir jetzt, jemand würde mich fragen. Die Leute, die sich zu fragen trauten, und im Krankenhaus trauten sich mehr als anderswo, waren immer entsetzt und erleichtert zugleich. Anfangs, als ich von Anne erzählte, von dem Unfall, von der Wahrheit, wenn es so etwas gibt, da verzogen sie die Gesichter. Schrecklich, sagten manche, und dann gingen sie bald. Standen auf und ließen mich sitzen. Manche, so schien mir, bedauerten Anne mehr als mich. Sie war vier Jahre älter als ich, damals ja fast ein halbes Leben. Sandkastenfreunde wären wir gewesen, wenn nicht sie dem Sandkasten in dem Moment entstiegen, entwachsen wäre, in dem ich in ihn hineinplumpste. Immer wieder waren wir Kinder, wir Jugendlichen mit auf den Feldern, gerade wenn etwas los war, Aussaat oder Ernte oder das Mähen der gewaltigen Wiesen, die sich über die ganze für uns sichtbare Welt erstreckten, über unsere ganze Kindheit. Warum der Bauer Anne auf die Erntemaschine ließ, weiß ich nicht, aber ihr Körper begann sich damals zu verändern, sie trug neue Kleidung, ganz plötzlich, mehr und weniger zugleich, und wahrscheinlich machte das den

Bauern ein bisschen betrunken. Sie saß auf dem Bock, das Gesicht war rot und wurde immer röter, und ich musste ihr nahe sein, musste mehr von ihr sehen als alle anderen. Ob ich zuerst schrie oder Anne oder der Bauer oder die anderen; ob es gleich wehtat oder ich in Ohnmacht fiel oder das Blut spritzen, sprühen sah, ich weiß es nicht mehr. Die einen erzählten es so, die anderen so. Der Arm war nicht zu retten gewesen, das Bein beschädigt, im Wachstum, sagte der Arzt, das kommt nie wieder ganz in Ordnung. Ich hatte kaum geweint, meine Mutter erzählte es noch heute, und als Anne wiederkam, aus diesem Heim, aus den Ferien, wie alle sagten, da kümmerte sie sich um mich, wie ich es mir immer erträumt hatte.

Ich nahm mir noch eine Zigarette und steckte sie an. Ich fragte mich, wie die junge Frau wohl hieß, wie ich sie genannt hätte, wäre sie meine Erfindung gewesen. Meinen Bruder nannte ich Jonas, aus irgendeinem Grund hatte ich immer so heißen wollen. Nachdem das Schicksal ihm den Arm zugesprochen und mich zum Krüppel gemacht hatte, hatte unsere Mutter sich fast nur noch um mich bemüht. Aber was half das schon? Was ist so eine Liebe wert, die nur eine dünne Membran ist, durch die man Mitleid hindurchscheinen sieht, das schlechte Gewissen der ganzen Welt?

Tatsächlich hatte Anne sich in mich verliebt, viel später dann, als auch ich erwachsen war, ein ausgewachsener Krüppel. So, wie ich sei, hatte sie immer gesagt, genauso, wie ich sei. Es hatte für mich nicht nach Schuld geklungen, nicht nach Wiedergutmachung. Ihre Küsse und ihre Haut schmeckten nicht nach Mitleid. Nie werde sie mir von der Seite weichen, hatte sie gesagt, nicht von der ganzen und nicht von der kaputten. Nach Jahren aber hatte sie es doch gelernt; ein paar Schritte zunächst, nur minuten-, stundenlang, dann ein paar Tage und Wochen, und schließlich war sie meinem Leben entstiegen wie seinerzeit dem Sandkasten. Ein paar Körnchen klebten ihr sicher noch auf der Haut, aber damit konnte man leben. Mit so vielem konnte man leben. In der ersten Zeit nach Anne kam es mir vor, als wäre mein fehlender Arm alles, was ich noch hatte.

Es kam jetzt ein Wind auf, der nach dem Rauch meiner Zigarette griff, mit ihm spielte wie mit dem Kleid, mit den Haaren der jungen Frau. Noch immer stand sie da und sah sich um. Blütenweich und felsenfest. Ich ließ meinen Rucksack stehen, löschte die Zigarette und ging ein paar Schritte den Bahnsteig entlang; beinahe hätte ich vergessen zu humpeln. Ich sah eine ältere Frau, die im Stehen ein Buch las, der Wind fuhr in die Seiten, aber die Frau las weiter, und immer wieder lachte sie halblaut. Ein Jugendlicher neben ihr sprach mit sich selbst, er empörte sich, dann lachte auch er, und erst als ich direkt neben ihm stand, sah ich, dass er telefonierte; dass er Kopfhörer in den Ohren hatte mit einem winzigen Mikrofon am Kabel.

Die drei Kinder, die ein paar Schritte weiter auf dem Boden hockten, sprangen plötzlich auf und rannten weg. Ob ihre Schreie aus Angst oder Lust bestanden, konnte ich nicht sagen, aber sie sahen mich kurz an, und ich hätte sie gerne festgehalten und ihnen meine Geschichte erzählt. Die Geschichte von Jonas und mir und unserer Mutter, die immer zu mir sagte, sie würde sich für mich ein Bein ausreißen. Doch dann sah ich, was die Kinder gesehen hatten: Eine Taube lag auf dem Bahnsteig. Ich drehte mich nach meinem Rucksack um, die junge Frau stand direkt daneben, ich glaubte, sie sah zu mir herüber, und dann bückte ich mich, ging sogar in die Knie. Eine Taube, silbergrau und glänzendgrün am Hals, unversehrt, doch reglos, die Flügel angelegt und nur vom Wind bewegt, ein paar Federn, die abstanden wie schlecht gekämmt. Der Hals des Tiers war seitlich verdreht, der Schnabel, ich sah es jetzt erst, um eine Winzigkeit geöffnet. So kniete ich dort, auf dem Bahnsteig im Staub, der Wind wurde stärker, und ich rührte mich nicht, als ich den Zug hörte, der sich langsam näherte. Schon quietschten die Bremsen, schreiendes Metall und eine Durchsage aus dem Lautsprecher, die man nicht verstand. Und plötzlich, gerade wollte ich mich erheben, sah ich es. Ich dachte, ich hätte mich getäuscht, auf eine Weise hoffte ich es, aber ich beugte mich noch tiefer hinunter und sah es noch einmal, kein Zweifel mehr möglich: Das Auge der Taube bewegte sich noch. Drehte sich langsam in die eine Richtung, verharrte, drehte sich zurück. Ich streckte meine Hand aus, die eine, die ich hatte, und berührte das Tier. Ihre Federn waren weicher, als ich gedacht hatte, glatt und geschmeidig, besonders am Hals, dem verdrehten Genick. Am liebsten wäre ich dort geblieben, auf dem Bahnsteig kniend, doch als die Leute aus dem Zug ausstiegen und der Bahnsteig sich füllte, wäre ich fast umgestoßen worden. Etwas wacklig stand ich auf.

Und schon beim ersten Schritt auf mein Gepäck zu sah ich ihn. Als wären alle anderen Leute in Schwarz-Weiß und nur er in Farbe, er und die junge Frau, zog er meinen Blick auf sich, ohne etwas Besonderes zu tun. Er stieg aus dem Zug, und ich erkannte ihn; er glich mir wie ein Taubenei dem andern, dasselbe Gesicht, dieselbe Statur. Aber zwei Arme hatte er, und er winkte mit beiden, reckte sie in die Höhe, als dirigiere er den Wind. »Anne!«, rief er, und die junge Frau lief auf ihn zu und rief: »Jonas!«, und sie lächelten beide, es war mehr als ein Lächeln, und Jonas schlang seine Arme, seine beiden Arme um die Frau, umschloss ihren Körper, und sie küssten sich.

Ich humpelte zu meinem Rucksack, setzte ihn auf, ich wusste nicht, ob er schwerer oder leichter war als vorhin, und setzte den ersten Fuß auf die Stufen. Ich war der Letzte, der einstieg, schon ertönte der Pfiff. Jonas und Anne standen noch da, sekundenlang fragte ich mich, ob die Taube sie sah, aus dem Winkel ihres erlöschenden Auges.

Die Türen schlossen sich vor meinem Blick, doch einen Moment lang stockten sie, und plötzlich, noch immer schaute ich hinaus, sah alles aus wie gemalt. Der Himmel glänzte, als sei die blaue Farbe noch nicht trocken, die Wolken strahlten watteweiß. Der Wind verstummte, nichts bewegte sich. Und von irgendwoher kam dieses ungeheure Licht.

III.

Die Gespräche mit Brandner waren die interessantesten. »Den Ort, an dem ich sterben werde«, sagte er, »den gibt es schon. Ist doch ein krasser Gedanke, oder? Die Stadt, das Haus, vielleicht sogar das Bett oder das Sofa oder was weiß ich. Vielleicht war ich schon da.«

»Meine Güte«, sagte Agnes, »jetzt geht das schon wieder los.« Sie griff nach einem Hauspostumschlag, der auf ihrem Schreibtisch lag, und verließ das Büro. Brandner und David sahen ihr nach und hörten ihre Schritte auf dem Flur leiser werden.

»Man kann sich einen Stadtplan vorstellen.« Brandner zog ein weißes Blatt Papier aus dem Drucker und hielt es in die Höhe: »Da ist irgendwo ein Kreuz drauf oder ein roter Punkt. Oder ein kleines schwarzes x.«

David musste an dem leeren Blatt vorbeischauen, um sich den Plan vorstellen zu können. Es mussten auch Wege darauf verzeichnet sein, die um den Punkt, um das x herumführten. Weg davon, in hundert Richtungen.

»Was grinst du so?«, sagte Brandner.

Wenn ich wüsste, wo ich sterbe, dachte David, dann ginge ich einfach nie mehr dort hin.

ERNSTFALL

Der Alarm ging in dem Moment los, da Lohmann seinen Kaffee auf dem Schreibtisch abstellen wollte. Er hielt inne, spürte plötzlich deutlicher, wie heiß die Tasse war, und nahm noch einen winzigen Schluck. Sofort hörte er Schritte und Stimmen auf dem Flur, ein rasch wachsendes Durcheinander. Er überlegte, ob er seinen Kaffee mit nach unten nehmen sollte, warf sich aber nur die Jacke über, griff nach seinem Portemonnaie und dem Schlüsselbund in der Schublade und verließ das Büro.

»Alte und Schwache zuerst!«

Lohmann blickte in Bergers Grinsen. »Na dann, Herr Kollege, humpeln Sie mal schön in die erste Reihe.«

Berger hatte immer noch seine Krücken, aber er ging nicht langsamer als die anderen. Jedes Jahr kam er mit einer schwereren oder jedenfalls sichtbareren Verletzung aus dem Skiurlaub wieder, und er gab sich keine Mühe, seinen Stolz darüber zu verbergen. Gips trug er keinen mehr, und die meisten vermuteten, dass er auch die Krücken nicht mehr brauchte. »Hält uns der olle Markowski wieder auf Trab, was? Ach, apropos Alte, wo haben Sie eigentlich den Rotbarsch gelassen?«

Dieter Barsch war eine Zeit lang im Betriebsrat gewesen, und auf einer Weihnachtsfeier hatte er, nach ungezählten Gläsern Calvados, von der marxistischen Gruppe erzählt, deren Mitglied er als junger Mann gewesen war. Vor allem war es wohl ein Chor gewesen, der alte Arbeiterlieder gesungen hatte, aber als er kaum noch ein verständliches Wort über die Lippen brachte, tat er so, als wären sie damals kurz davor gewesen, eine Revolution zu starten. Als im neuen

Jahr alle wieder im Büro erschienen, hieß er auf einmal Rotbarsch, ganz selbstverständlich, als wäre er immer schon so genannt worden.

»Keine Ahnung«, sagte Lohmann und blieb stehen. »Ich geh mal nachsehen.«

»Spielen Sie nicht mit dem Feuer.« Berger hielt ihm eine Krücke vor die Brust. »Wer soll denn meine Reisekosten abrechnen, wenn Sie in Flammen aufgehen?«

Lohmann hob beide Hände, als ob er sich ergeben wolle, wandte sich aber um und ging zurück, gegen den Strom. Barsch hatte sein Büro neben seinem, die Verbindungstür war meistens geschlossen. Er hatte ihn heute noch nicht gesehen, jedoch ab und zu leise das Radio spielen hören. Barsch war immer als einer der Ersten da, meistens schon vor halb acht, und es gab Tage, an denen er sich überhaupt nicht zeigte.

»Herr Barsch?« Er sprach so leise, dass seine Stimme kaum gegen die Sirene ankam. Er klopfte, vorsichtig erst, dann heftiger, und wiederholte den Namen etwas lauter. Schließlich öffnete er selbst die Tür.

Barsch tat so, als bemerkte er ihn nicht. Er hatte seine Brille in der Hand und saß weit vorgebeugt da; seine Nase berührte fast den Bildschirm. Sein Schreibtisch war so aufgeräumt, dass man hätte denken können, er sei soeben aus einem langen Urlaub zurückgekehrt.

»Herr Barsch«, sagte er noch einmal. »Wollen Sie nicht mitkommen? Der Alarm.«

Barsch stöhnte, lehnte sich wie in Zeitlupe zurück, immer noch, ohne ihn anzusehen, und setzte sich umständlich die Brille auf. Jetzt erst wandte er sich um. »Sind Sie zum Evakuierungshelfer aufgestiegen, Herr Lohmann?«

Seine Stimme war sanft, es lag nichts Feindseliges darin, dennoch fühlte Lohmann eine Mischung aus Scham und Gereiztheit in sich aufsteigen. Er wusste von Barschs

Vergangenheit, seiner Zeit mit eigener Firma, wenn auch nur aus den Erzählungen der Kollegen. Elektronik-Branche, sagte man, irgendwo in Norddeutschland. Das Ganze war lange her, manche sprachen von fünfzehn, andere sogar von über zwanzig Jahren, als gesichert aber galt, dass eines Nachts die Lagerhalle abgebrannt war. Er hatte Kollegen, die damals noch zur Grundschule gegangen sein mussten, von dem Brand sprechen hören, als wären sie Augenzeugen gewesen. Hundert Feuerwehrleute, zwei oder drei davon schwer verletzt, Tausende Liter Wasser und fast ebenso viel Schaummittel, Mitarbeiter aus der Nachtschicht, die in Panik nach draußen gerannt waren: erstaunliche Details, aber kein einziges davon kam je von Barsch.

»Ich dachte nur –«

»Schon gut«, unterbrach ihn Barsch, auch das ohne jede Schroffheit. Jetzt lächelte er sogar: »Ich lasse mich ja retten.« Er erhob sich langsam, rückte noch einmal seine Brille zurecht und ordnete Papiere, die gar nicht da waren. »Was meinen Sie, ist es kalt draußen, obwohl die Bude hier niederbrennt?«

Lohmann wusste nicht, was er sagen sollte, aber Barsch schien auch keine Antwort zu erwarten. Er zog sich seinen Mantel über, griff prüfend in jede Tasche und setzte sich endlich in Bewegung. »Na dann, Schönheit vor Alter.«

Lohmann ging tatsächlich voraus und drehte sich bei jedem zweiten Schritt um. Auf dem Flur war niemand mehr, erst im Treppenhaus stießen sie auf Kollegen. Die meisten plauderten miteinander wie in einer Kaffeepause, besonders eilig schien es niemand zu haben.

Draußen war es jetzt kälter als am Morgen. Dunkelgraue, formlose Wolken hatten sich vor die Sonne geschoben, und es ging ein leichter Wind. »Scheißwetter für eine Katastrophe«, sagte jemand, und ein paar andere lachten. Es dauerte lange, bis alle an dem Sammelpunkt zusammenstanden. Berger wedelte mit beiden Krücken in der Luft herum und ahmte den Sirenenton nach. Schließlich entdeckte Lohmann Markowski, das Gesicht wie immer eine Maske des Gleichmuts. Er trug seinen anthrazitfarbenen Hausmeisterkittel und hielt einen Feuerlöscher in beiden Armen, wiegte ihn wie ein kleines Kind. Lohmann wurde zur Seite gestoßen, er musste sich auf der Schulter einer Auszubildenden abstützen, deren Namen er nicht kannte. Er zog schnell seine Hand zurück und bat mehrfach um Entschuldigung, und als er sich beruhigt hatte, merkte er, dass Barsch nicht mehr bei ihm war. Augenblicklich ergriff ihn eine Furcht, deren Heftigkeit ihn überraschte. »Haben Sie Herrn Barsch gesehen?«

Die junge Frau erschrak mehr als bei seiner versehentlichen Attacke.

»Herr Barsch«, wiederholte er, und sie wich einen halben Schritt zurück. »So ein älterer –«

Sie hob abwehrend die rechte Hand, er bemerkte jetzt erst, wie lang ihre Fingernägel waren. Aufgeklebt wahrscheinlich, seine Cousine machte das auch seit ein paar Jahren. Einmal hatte er sich bei dem Gedanken ertappt, wie es sich wohl anfühlte, wenn eine Frau einem diese Nägel in den Rücken grub. Er biss sich auf die Lippe, um den Gedanken loszuwerden, und wandte sich um. Selten sah man alle Kollegen auf einem Fleck, es war ein merkwürdiger Anblick. Er fühlte sich an seine Schulzeit erinnert. Die üblichen Grüppchen standen beieinander, nur dichter zusammengedrängt, weil Markowski jetzt ungeduldig wurde und auf den Sammelpunkt wies. »Die Zufahrt muss freibleiben. Die Zufahrt muss freibleiben!«

Noch immer entdeckte er Barsch nicht. Er vermutete ihn irgendwo am Rand, alleine, einen Schritt abseits. Er war mittelgroß, sein langer Mantel grau wie die Wolken, eine unauffällige Gestalt. Aber so groß war die Belegschaft nicht, dass jemand verloren gehen konnte.

Endlich verstummte der Alarm, und Markowski fragte jeden Evakuierungsbeauftragten, ob alle Kolleginnen und Kollegen aus seinem Bereich anwesend seien. In der Regel waren es die Abteilungsleiter, so auch in der Buchhaltung, und Lohmann nickte seinem Chef zu, als der mit angestrengtem Blick nach seinen Leuten sah. »Alle da«, sagte er schließlich, Markowski wandte sich dem nächsten zu, und Lohmann war drauf und dran, Einspruch zu erheben. Doch auf einmal stand Berger neben ihm, er hatte ihn nicht kommen hören und schien ihn mit sichtbarem Erschrecken anzuschauen.

»Na na, keine Angst – bin doch nur ich und eine kleine Feuersbrunst.« Berger neigte sich Lohmann zu, wies mit dem Kopf auf die Auszubildende und flüsterte: »Schon unseren Nachwuchs bewundert?« Lohmann reagierte nicht, und Berger sagte: »Ganz schön heiß, was – das muss unser Brandherd sein.« Wieder gab Lohmann keine Antwort, und Berger klang enttäuscht: »Jetzt erklärt uns der vertrocknete Klempner wieder, wie man richtig auf die Tube drückt.«

Tatsächlich begann Markowski in dem Moment seinen üblichen Vortrag. Rettungswege, Brandschutztüren, Verhalten im Notfall, Wandhydranten und Glutbrandpulver. Je genauer er schilderte, was alles passieren konnte, desto lebhafter wurde er. Er war jahrelang bei der freiwilligen Feuerwehr gewesen und gab dieselben Anekdoten zum Besten wie jedes Mal. Am Ende gingen alle Geschichten gut aus, und Markowski wirkte ein bisschen wie ein Lehrer, der seiner Klasse aus einem Kinderbuch vorliest. Schließlich hielt er den Feuerlöscher in dic Luft, präsentierte ihn wie eine Trophäe. »Bevor Sie einen Feuerlöscher einsetzen, müssen Sie ihn entsichern. Das machen Sie, indem Sie die Abzugslasche entfernen.«

Berger gab laute Gähngeräusche von sich, die Auszubildende drehte sich um und kicherte. »Wenn die Stewardessen den Kram erklären, sieht die Katastrophe irgendwie hübscher aus.« Wieder lachte die junge Frau, und Berger sah zufrieden aus. Markowski achtete nicht auf die Störung und machte weiter: »Beim Anheben des Tragegriffs wird die Triebmittelflasche durch das Durchstoßmesser geöffnet, und in dem Löschmittelbehälter baut sich über das Blasrohr der gewünschte Betriebsdruck auf.«

Lohmann hörte nicht weiter zu und achtete auch nicht auf das, was Berger von sich gab. Stattdessen suchte er wieder nach Barsch. Man war bereit, jede einzelne Geschichte zu glauben, die über ihn erzählt wurde, wenngleich sie in der Summe kein stimmiges Bild ergaben. Von der marxistischen Jugend über ein abgebrochenes Studium – wahlweise Volkswirtschaft, Informatik oder Soziologie – hin zum eigenen Unternehmen in der Elektrogeräteproduktion und von da aus über unbekannte Wege hierher, in die Buchhaltung einer branchenfremden Firma viel weiter im Süden. Familie schien er nie gehabt zu haben, aber sicher sein konnte man sich nicht; er selbst unterband Gespräche über Persönliches immer mit seinem milden Endgültigkeitslächeln.

Lohmann verspürte keine Furcht mehr, aber er hätte sich gerne vergewissert, dass es Barsch gut ging. Hätte Lohmann ihn nicht abgeholt vorhin, hätte der es offenbar vorgezogen, an dieser Übung nicht teilzunehmen.

»Und dann: mit der Löschpistole direkt auf den Brandherd zielen.« Markowski tat so, als führe er praktisch vor, was er erklärte, doch er hielt den Feuerlöscher noch immer in beiden Händen und stemmte ihn nur gelegentlich in die Höhe. Immer wieder stellte er eine echte Löschübung in Aussicht, aber noch war es dazu nicht gekommen. Er machte ein paar abschließende Bemerkungen darüber, dass man immer etwa fünf Meter vom Feuer entfernt stehen müsse, um das Pulver seine volle Wirkung entfalten zu lassen – »Wurfweite«, sagte er, seine Expertise sichtlich genießend – und endete mit den Worten: »Okay, Kameraden, das war's.«

Die meisten applaudierten ihm, Berger rief »Zugabe!« und wedelte wieder mit seinen Krücken herum, und dann löste sich die ganze Gruppe auf. Manche liefen rasch hinein, entweder um weiterzuarbeiten oder weil sie froren, andere schlenderten eher zurück, und ein paar blieben draußen stehen und steckten sich eine Zigarette an. Lohmann sah sich noch einmal nach Barsch um, aber wahrscheinlich hatte der sich einfach gleich wieder nach drinnen begeben, noch vor Markowskis kleiner Show, und saß längst an seinem Schreibtisch und blickte stoisch auf den Bildschirm.

Als er selbst hineingehen wollte, sah Lohmann, wie sein Chef sich den Mantel zuknöpfte und in Richtung Innenstadt aufmachte. Lohmann sah in seinem Portemonnaie nach, wie viel Geld er einstecken hatte, und ging ihm hinterher. Er achtete darauf, immer ausreichend Abstand zu halten, und blieb stehen, als sein Chef an einer Fußgängerampel hielt. Erst als er Grün hatte, ging auch er weiter und bog dann Richtung Tankstelle ab. Das war nicht so gut wie eine richtige Bäckerei, aber für die Nachmittagspause würde es reichen. Obwohl es vorgestern geregnet hatte und die riesigen Schlaglöcher noch immer mit brackigem Wasser gefüllt waren, nahm er die Abkürzung über den öffentlichen Parkplatz. Von kahlen Hecken umwachsen, als Müllkippe missbraucht und mit kratertiefen Löchern übersät, war er einer der hässlichsten Plätze in der Stadt. Dennoch, oder vielleicht gerade deswegen, ging Lohmann immer wieder hierher; sei es, weil er garantiert ein paar ungestörte Minuten hatte, oder einfach, weil ihm hinterher sogar die Firma wie ein angenehmer, fast wie ein schöner Ort erschien.

Er ging langsam, den Blick gesenkt, machte weite Bögen um die monumentalen Pfützen und war beinahe am anderen Ende des Platzes angelangt, als er Barsch entdeckte. Abrupt blieb er stehen, er glaubte nicht, dass Barsch ihn schon entdeckt hatte. Er saß auf der Motorhaube des uralten Golfs, der immer dort stand, schmutzig-weiß, verrostet. Wahrscheinlich war er schon seit Jahren nicht bewegt worden, Lohmann wusste nicht, ob er überhaupt noch einen Besitzer hatte und warum er nicht einfach fortgebracht und verschrottet wurde. Barsch starrte in Richtung der Firma, von der man nur einen Teil des Daches sehen konnte, hielt etwas sehr Kleines in seiner rechten Hand und bewegte sich nicht. Lohmann ging leise ein paar Schritte näher heran, bis er erkannte, dass es eine Streichholzschachtel war, die Barsch in der Hand hielt. Sehr langsam schob er nun die Schachtel auf, nahm ein Hölzchen heraus, setzte es an der Reibefläche an und rief: »Nur zu, Herr Kollege, ich bin kein Gespenst.« Lohmann spürte, wie ihm augenblicklich das Blut ins Gesicht stieg, und rief zurück: »Guten Tag!« Als er merkte, wie sinnlos die Begrüßung war, wurde er noch röter und ging geradewegs auf Barsch zu, mitten durch eine Pfütze. Barsch lächelte, ohne ihn anzusehen, strich zweimal mit dem Holz über die Fläche, bis es brannte, und schaute reglos auf die Flamme. Als sie fast seine Finger erreicht hatte, ließ er das Streichholz auf den Boden fallen. Lohmann sah erst jetzt, dass dort bereits etliche Hölzchen lagen, alle weit heruntergebrannt, die schwarzen Enden krumm und dünn.

»Was machen Sie hier?«, fragte Barsch.

Lohmann war so erstaunt über die Frage, die er selbst hätte stellen wollen, dass er nur sagte: »Es tut mir leid.«

Endlich drehte Barsch seinen Kopf. Er lächelte nicht mehr, sah aber freundlich aus, nachsichtig. »Ach was«, sagte er, »schon gut. Das alles ist schon ewig her.«

Lohmann merkte, wie nass seine Füße waren. Wenn er im Büro nicht seine Schuhe auszöge, wäre er morgen mit Sicherheit erkältet. Dass Barsch so offenkundig davon ausging, er wisse von der alten Geschichte und habe während der Übung daran gedacht, beschämte ihn. Er fühlte sich ertappt.

Barsch schwieg jetzt wieder, nahm ein neues Streichholz aus der Schachtel, riss es an, starrte in die kleine, zitternde Flamme und ließ das Hölzchen dann fallen. »Lange her und sehr weit weg«, sagte er.

Lohmann traute sich nun noch näher heran und stellte sich direkt neben Barsch. Mit ihm gemeinsam sah er auf das Dach der Firma; der Himmel darüber war immer noch grau, der Wind hatte aufgehört. »Ihre Elektronikfirma, nicht wahr?«

»Elektronik?«, sagte Barsch. Fast ruckartig wandte er seinen Kopf zu Lohmann und stieß ein kleines, jungenhaftes Lachen aus. »Wie kommen Sie denn darauf?«

Erneut spürte Lohmann, wie er rot wurde. Die kalten Füße und das heiße Gesicht fühlten sich sonderbar an. »Ich dachte bloß –«

»Ist ja auch egal«, unterbrach ihn Barsch. Er nahm ein neues Streichholz aus der Schachtel, begann das Spiel von vorne. Wie viele Hölzer noch in der Schachtel waren, konnte Lohmann nicht erkennen. Barsch sah abwechselnd auf die Flamme und das Dach, während er weitersprach. »Das kommt mir alles vor wie ein anderes Leben – das vorletzte oder so –, aber manchmal, da …« Das abgebrannte Streichholz fiel zu Boden. »Ich weiß gar nicht so genau, woran es liegt«, sagte er, »vielleicht war es noch nicht mal diese dämliche Übung.«

Lohmann bewegte seine Zehen in den nassen Schuhen. Er verschränkte die Arme vor der Brust und presste sie eng an seinen Körper.

»Ich hatte 40 Mitarbeiter, das ist schon eine ganze Menge. Männer und Frauen, von sechzehn bis paarundsechzig –

Fastnochkinder und Fastschonrentner.« Er schüttelte die Streichholzschachtel, sie war offenbar leer. Dennoch griff Barsch in seine Manteltasche und holte eine Packung Zigaretten hervor. Er steckte sich eine Zigarette in den Mund, warf die Streichholzschachtel auf den Boden und sagte: »Feuer?«

Lohmann schüttelte den Kopf.

»Diese Firma, ich dachte – ich dachte, ich wäre genau am richtigen Ort, jeden Tag. Das war meine Firma, verstehen Sie. Ich hatte mein Ziel erreicht, ohne, dass ich es vorher hätte benennen können.« Er nahm die Zigarette aus dem Mund, hielt sie ruhig zwischen Zeige- und Mittelfinger und sprach deutlicher weiter. »Haben Sie so etwas? So ein Ziel?«

Lohmann drehte sich zur Seite und blickte genau in Barschs Augen. Ihr Blick hatte sich verändert, und er wusste nicht, ob er sich davor schützen musste oder es guttun könnte, sich so anschauen zu lassen.

»Haben Sie so einen Ort, an dem Sie richtig sind?«

Lohmann hielt den Blick aus, war aber nicht imstande zu antworten.

»An diesem Tag bin ich früher nach Hause, ich weiß nicht mehr wieso, und ich lag schon um neun oder halb zehn im Bett. Als das Telefon klingelte, war ich sofort hellwach. Ich wusste, dass etwas … ich wusste einfach, worum es ging.« Er warf die Zigarette auf den Boden, zu den Streichhölzern, und trat darauf, als ob sie gebrannt hätte. »Ich bin losgefahren und habe schon von Weitem den Rauch gesehen. Obwohl es dunkel war, hat man den Rauch gesehen, ein paar hundert Meter weit. Und Funken, immer wieder, stoßweise sind sie aus dem Dach aufgestoben.«

Lohmann sah wieder geradeaus, schaute mit einer Mischung aus Sorge und Erleichterung auf die grauen Wolken und das ebenso graue Dach. Seine Füße gewöhnten sich langsam an die Nässe.

»Die Feuerwehr war natürlich längst da und hat getan, was sie konnte. Wasser und Schaum und was weiß ich, und Krankenwagen standen da und Mitarbeiter von mir mit Decken um die Schultern. Passiert ist keinem was, das war fast ein Wunder, haben manche gesagt, hinterher. Aber –« Er nahm seine Brille ab, rieb sich die Augen und sagte: »Irgendwann bin ich ein Stück zur Seite gegangen, habe ganz alleine da gestanden, verstehen Sie. Nicht wirklich allein, aber ich habe niemanden mehr wahrgenommen. Ich habe nur da gestanden und zugesehen, wie meine Lagerhalle in Flammen stand, meine Firma. Mein Ort. Es war heiß und hat gestunken, aber die Flammen, die aus dem Dach aufstiegen und sich aus zerbrochenen Fenstern geschlängelt haben, das –« Lohmann musste sich zwingen, ihn anzusehen. Noch immer hielt er seine Brille in der Hand, so wie eben die Zigarette und vorher die Streichhölzer, und seine Augen waren jetzt rot und klein, und es war nicht zu sagen, was oder wen sie überhaupt wahrnahmen: »Das war das Schönste, das ich in meinem ganzen Leben gesehen habe.«

Lohmann musste sich an das Auto lehnen, um nicht umzufallen. Er starrte Barsch an, und der seufzte, erschöpft und erleichtert, setzte seine Brille auf, sagte sanft »also, dann«, ohne Lohmann anzusehen, und ging los. Lohmann trat einen Schritt zur Seite, setzte sich auf die Motorhaube, so wie Barsch bis vor ein paar Sekunden, und sah dem Mann hinterher, der plötzlich alterslos wirkte. Mühelos fand er einen Weg zwischen den Pfützen hindurch und war bald von dem Parkplatz herunter und außer Sichtweite verschwunden.

Lohmann wusste nicht, wie lange er dort stand und ins Leere starrte. Irgendwann gelang es ihm wieder, seinen Blick auf bestimmte Dinge zu fokussieren, er rutschte von der Motorhaube herunter und sah zwischen den Hecken hindurch seinen Chef, der zügig zurück zur Firma ging. Lohmann setzte sich in Bewegung, seinem Chef hinterher. Er achtete nicht auf die Pfützen. Er musste einfach nur weitergehen, dann würde er bald wieder wissen, wo er war.

IV.

Mit Meyer hatte David nicht viel zu tun. Er arbeitete in der Hausverwaltung, kümmerte sich vor allem um die externen Handwerker. Elektriker, Maler, Glaser, auch die Reinigungsfirma fiel in seinen Bereich.

An diesem Tag aß Meyer zum ersten Mal in der Kantine, nach über zehn Jahren. Er trug einen Schlips, auch das war noch nie passiert. »Wie geht es Ihnen?«, fragte er. Er wollte von jedem eine Antwort hören. »Haben Sie Kinder, Geschwister? Leben Ihre Eltern noch, sind sie gesund?«

Den meisten war es ein bisschen peinlich, nur Miriam gab Auskunft. Sie nahm ihn ernst, speiste ihn nicht mit Floskeln ab. »Ich hatte so ein Gefühl«, sagte sie später zu David.

Von ihr erfuhr er schließlich auch, was geschehen war. Ein paar Tage zuvor hatte Meyers Vater sich umgebracht. Er trank billigen Schnaps, auch tagsüber schon, war Frührentner, seit er Anfang 50 war, und trug bei jedem Wetter Trainingshosen und alte T-Shirts. An einem Sonntagmorgen erschoss er sich, keiner wusste von der Pistole. Er hatte eine ganze Kanne Kamillentee getrunken, sich die Zähne geputzt und einen Anzug mit weißem Hemd angezogen.

»Der ganze Schädel war Matsch«, sagte Miriam, »das Gesicht war gar nicht mehr da. Aber auf der Krawatte«, sagte sie, »landete kein einziger Tropfen Blut.«

Fast immer ging es ums Sterben. Offenbar hatte sie ein Talent dafür, sich auf den falschen Platz zu setzen. Andererseits sprachen die Leute meistens leise über das Thema, insistierend zwar, aber gedämpft. Die Münchner jedoch, ihr schräg gegenüber, hatten mit Dämpfung nichts am Hut. Wahrscheinlich hatten sie Nachholbedarf, hatten heute zu lange still sitzen und zuhören, *ihr* zuhören müssen.

»Meine Tante ist sechs Jahre lang krepiert«, rief die Frau von der psychiatrischen Wohneinrichtung; wie sie hieß, hatte sie vergessen, aber sie war Assistentin der Geschäftsleitung, zugleich für die gesamte Verwaltung zuständig, inklusive Zuarbeit für die Finanzbuchhaltung. An solche Dinge erinnerte sie sich mittlerweile besser als an Namen. »Ich kam in die Realschule, als es losging, und als sie's hinter sich hatte, hab ich grade meinen Abschluss gemacht.«

»Mittlere Reife«, sagte ihr Sitznachbar, »besser als höhere Unreife!«, und alle lachten, als hätten sie lange nicht so einen guten Witz gehört. Einige von ihnen trugen noch ihre Namensschilder.

Sie wandte sich ab, sah aus dem Fenster. Doch je lauter die Leute sprachen und lachten, desto weniger nahm sie zur Kenntnis, was sie draußen sah. Plötzlich hatte sie sogar das Gefühl, der Landschaft Gewalt anzutun, indem sie sie durchfuhr.

»Wenn's vorbei ist, ist es vorbei, oder? Da kann man noch so viel drum herumreden. Da hilft dir auch kein Studium.«

Sie wollte ihre Ruhe, weiter nichts. Den ganzen Tag lang hatte sie gesprochen, frontal doziert. Sie mochte es lieber, ihre Kursteilnehmer mit Informationen nur anzufüttern und sie in Diskussionen hineinzulenken, an denen sie als eine unter vielen teilnahm. Aber bei diesen Eintagesprogrammen, Intensivkurs I–II, musste sie alles selber machen, den ganzen Tag alleine bestreiten. Sie beherrschte das, aber es gab Tage, an denen gerade diese Routine, diese innere Widerstandslosigkeit sie störte. Heute hatte sie zum ersten Mal das Gefühl gehabt, dass die Arbeit ihrem Leben nur noch eine Form, aber keinen Inhalt mehr gab.

Sie steckte sich ihre Kopfhörer in die Ohren und suchte nach der passenden Musik. Nachdem sie drei oder vier Songs angespielt und alle wieder abgebrochen hatte, war ihr klar, dass die Fahrt anstrengend würde. Wenn sie die richtige Musik nicht fand, dann war etwas in ihr in Unordnung, auf das sie keinen Zugriff hatte. Sie schloss den Player, legte ihr Smartphone beiseite. Die Kopfhörer ließ sie in ihren Ohren stecken, doch sie hielten den Schall nicht wirksam ab. Die Gruppe aus München machte gerade eine Pause, immerhin, aber der Geräuschpegel war trotzdem viel zu hoch. Einige Leute telefonierten, sie brauchte eine Weile, um sich einzugestehen, dass die, die in anderen Sprachen redeten, sie am meisten störten: eine junge Russin neben ihr, auf der anderen Seite des Gangs, und ein gedrungener Norddeutscher, der pausenloses Business-Englisch von sich gab, das gleichzeitig fließend und ungelenk klang. Als der Mann auflegte, war sie erleichtert. Sie unternahm noch einen Musikversuch, der aber wieder scheiterte.

Zu allem Überfluss machten die Münchner jetzt eine Sektflasche auf und stießen mit Plastikbechern an. Eine Frau prostete ihr zu; sie lächelte reflexartig zurück und sank tief in ihren Sitz, um keine weiteren Blickkontakte zu ermöglichen. In der kleinen Gruppe fehlte ausgerechnet der schmächtige Mann von dem pädagogischen Förderzentrum, der den Tag über immer bei ihnen gesessen und mittags den schönen Satz gesagt hatte: »Ich habe die Schultern einer Nymphe – und den Job von Atlas.« Sie hatte mitgelacht, obgleich da schon frustriert, und für einen Moment die alte Freude verspürt: tatsächlich Menschen helfen zu können, die Welt nicht von ihren Schultern fallen zu lassen. Sie stützen zu können, während sie selbst etwas aufrecht hielten, das ihnen wichtig war. Aber es war ihr schwergefallen, sich auf die Kursteilnehmer einzulassen. Das störte sie am meisten an sich selbst, dass Idealisten ihr immer wieder (und immer häufiger) auf die Nerven gingen. Sie hatte dann grimmige Freude daran, den blasser werdenden Enthusiastengesichtern Infos über Anlagevermögen, Rechnungsabgrenzungsposten und die Mindestbestandteile der GuV entgegenzusprechen.

Auch die Münchner hatten lange wie die klassischen Idealisten gewirkt. Sie alle hatten auf die eine oder andere Weise mit dem Jahresabschluss ihrer Betriebe zu tun, sonst hätten sie nicht ihr Seminar belegt, und mit derselben Arbeit hätten sie in einem Unternehmen, das nicht gemeinnützig war, sicher besser verdient. Dass sie alle sich nun, auf der Rückreise im ICE, so völlig anders benahmen und eine Schulklasse oder eine Rentnergruppe nachspielten, die zu lange keinen Spaß gehabt hatte, irritierte sie. Vielleicht war der schmächtige Mann mit dem Nymphenspruch deshalb nicht dabei – weil er gewusst hatte, wie sie sich benehmen würden, und lieber eine Stunde auf den nächsten Zug wartete, als das ertragen zu müssen. Auf den ersten Blick hatte sie den Mann sogar hübsch gefunden, auf den zweiten aber gesehen, dass ihr an einem dritten Blick nichts lag. Der Satz hatte ihr trotzdem gefallen, gefiel ihr immer noch, und sie wusste, dass er bleiben würde, wenn sein Gesicht längst verschwunden wäre.

Sie verkroch sich noch tiefer in ihrem Sitz und spähte aus dem Fenster, als wäre jeder Blick hinaus verboten. Bald würden sie in Wittenberg sein, danach war es noch eine knappe

Stunde bis nach Hause. Aber sie fand keine Ruhe, war trotz des langen Tages nicht müde genug, um zu schlafen. Sie war gestern Abend bereits nach Berlin gefahren, wollte nicht früh am Morgen zu Hause aufbrechen müssen. Die Nacht im Hotel hatte sie lange schlaflos zugebracht. Sie hatte ferngesehen – was sie zu Hause fast gar nicht mehr tat – und war bei einer Telefon-Seelsorge-Talkshow hängen geblieben. Der Moderator trug riesige Kopfhörer und sah abwechselnd in die Kamera und auf sein Tablet. Seine Stimme war weich und warm wie Grießbrei. Eine Frau war in der Leitung gewesen, die sich nach 44 Ehejahren von ihrem Mann getrennt hatte: »Er war ein großer Schweiger. Ich wusste nichts von ihm, er hat sein Leben allein für sich gelebt.« Sie hatte zugehört, über ihren eigenen Voyeurismus erstaunt, und plötzlich selbst jemanden anrufen, ein paar freundliche Worte wechseln wollen: »Ich hab's geschafft, es ist vorbei. Toll, oder?« Aber dann entschied sie sich doch dagegen, so spät noch jemanden aufzuwecken, aufzuschrecken womöglich. Sie hatte den Ton ausgeschaltet und den Moderator angestarrt, ohne ihn zu hören. Heute Morgen lief der Fernseher nicht mehr, sie konnte sich nicht daran erinnern, ihn ausgestellt zu haben.

»An manchen Tagen fragt man sich schon, ob einem mehr Zeit geklaut wird, als man geschenkt kriegt, oder?«

Sie konnte weder weg-, noch wollte sie zuhören. Sprachen sie jetzt über ihr Seminar, obwohl sie doch gesehen hatten, dass sie ganz in ihrer Nähe saß? Vielleicht waren sie wirklich wie eine Schulklasse, die sich vor ihrer Lehrerin produzieren will, niemandes Aufmerksamkeit so dringend begehrt wie die ihre – nur um ihr am Ende zu sagen, wie entsetzlich doof und nutzlos sie sei. Sie musste lächeln, weil ihre Fragen sie an ihren Sohn denken ließen. Philipp kam jetzt in ein Alter, in dem man mit ihm über solche Dinge sprechen konnte. Über alles eigentlich. Zugleich war es das Alter, in dem man sie – oder jedenfalls ihn – am wenigsten verstand. Von ihren idealistischen Momenten war Philipp immer genervt, wie ein hochbegabter Nachwuchszyniker, doch kaum hörte er sie über Kapitalgesellschaften und ihre vier Größenklassen, über Fremdkapital und Anlagenspiegel sprechen, wurde er schlagartig selbst zum Weltverbesserungsnovizen. Er stellte sich immer gegen das, was sie gerade befürwortete, und es war so ärgerlich wie bewundernswert, mit welcher Gedankenschnelle er die jeweils gebotene Anti-Haltung einnehmen konnte. Mit seinem Vater sprach sie kaum noch; sie wusste nicht, ob er sich bei ihm genauso verhielt. Und jetzt also sein neuester Coup – sie richtete sich in ihrem Sitz auf, musste wieder lächeln –, dieser dringende Wunsch aus dem Nichts heraus: ein Schulpraktikum beim Bestatter. Beim Bestatter! Am liebsten hätte sie es den Münchnern entgegengerufen. Sie war sich sicher, dass sie das zum Schweigen gebracht hätte. Vielleicht trat Philipp einfach in eine morbide Phase ein, die andere Jugendliche mit Verkleidungen, seltsamer Musik, ebenso seltsamen Filmen und mit über die Stränge schlagenden Halloween-Partys hinter sich brachten.

Obgleich jeder Gedanke an ihren Sohn mit einem Gefühl der Sorge grundiert war, wollte sie von den Sekt trinkenden und allzu laut an gar nichts denkenden Leuten fort, mit denen sie sich heute acht Stunden lang professionell solidarisiert hatte. Und Philipp half ihr dabei. Sie stellte sich vor, wie er am ersten Tag des Praktikums nach Hause käme und ihre unschuldige Frage, wie es denn gelaufen sei, nur mit Blässe und irritiertem Schweigen beantwortete. Sie versuchte sich dieser Fantasie noch etwas länger hinzugeben, da lachten drei oder vier der Münchner gleichzeitig laut auf. Sie erhob sich reflexartig und ging aus dem Wagen, an der lärmenden Gruppe vorbei, ohne sie anzusehen. Sie gestand sich ein, dass sie floh – wohin, wusste sie nicht. Als ihr zwei Fahrgäste entgegenkamen, die Kaffeebecher und Tüten mit Chips und Erdnüssen trugen, war sie erleichtert: Das Bord-Restaurant war immerhin ein Ziel.

Die Erleichterung machte es ihr sofort wieder möglich, an Philipp zu denken, und sie stellte sich jetzt eher mitleidig als schadenfroh vor, wie er nach der ersten Woche sein Praktikum abbräche; vielleicht würde er seine ersten Leichen gesehen oder sogar gewaschen haben und genauso die Flucht antreten wie sie eben. Im Grunde beneidete sie ihn für die Ziellosigkeit, die totale Offenheit, mit der er ins Leben hineinging. Wenn man nicht wusste, ob man Bestatter, Autohändler, Krankenpfleger, Wirtschaftsanwalt oder Ernährungsberater werden wollte, einem aber alle Möglichkeiten gleichermaßen erreichbar schienen, war man doch in einer herrlichen Position, die man später nicht mehr innehaben würde. Wahrscheinlich steckte hinter ihrer Dünnhäutigkeit, ihren Anflügen von Sarkasmus eigentlich der Wunsch, von vorne anzufangen; was auch immer das Neue dann wäre … Sie wusste es nicht.

Im Bord-Restaurant war nur ein Platz noch frei, einem Mann gegenüber, der sie abschreckte, ohne dass sie wusste, weswegen. Sie blieb stehen, zögerte, doch der Mann deutete so freundlich auf die leere Sitzbank, dass sie sich doch dort niederließ. Der Mann war dick, aber sein Bauch war ungewöhnlich rund und straff, wirkte nicht wie die übliche Bierplauze, die so viele Männer seines Alters züchteten, wie um endlich im sicheren Hafen des Klischees anlegen zu können. Er trug einen Vollbart, üppig, dabei akkurat in Form gebracht, und unter dem Jackett einen groben, selbst gestrickten Wollpullover.

»Guten Abend«, sagte sie leise und sah sofort aus dem Fenster, um nicht allzu interessiert zu wirken. Doch es half nicht.

»Vielleicht brauchen wir Gott«, sagte er weich. »Vielleicht brauchen wir etwas, an dem wir verzweifeln können.«

Bitte nicht, dachte sie. Bitte halt einfach deine Klappe. Sie lächelte und nickte, sah dabei knapp an ihm vorbei.

»Auch Gott«, fuhr er fort, »ist bloß ein Handwerker. Aber schon ein guter, würde ich sagen, ein besonderer. Und manchmal« – er beugte sich langsam vor, sein Oberkörper merkwürdig steif und gerade – »manchmal gelingt ihm ein kleines Kunststück.« Er lehnte sich zurück, strich sich mit einer Hand über den Bauch. »Ein richtiges kleines Kunststück.«

Sie rückte etwas näher an den Gang, so weit von dem Mann fort, wie es möglich war.

»Sogar mit sich selbst lernt man irgendwann zu leben, denken Sie nicht?«

Sie schüttelte bloß den Kopf, das alles war verheerend sinnlos.

Er aber nickte und sprach weiter: »Ich dachte früher immer, man muss viel Zeit haben, um geduldig sein zu können. Aber das stimmt ja gar nicht, es ist genau andersherum: Je geduldiger man ist, desto mehr Zeit hat man.«

»Geduld ist meine große Stärke«, sagte sie, schnell und laut und gereizt. Sie wollte sich erheben, aber in dem Moment durchquerte eine Reisegruppe das Bord-Restaurant und blockierte den Gang. Vielleicht geriet sie mittlerweile so sicher in schlechte Gesellschaft, wie ihr Ex-Mann früher in schlechtes Wetter geraten war, wenn immer er das Haus verließ. Die Sonne konnte scheinen, doch kaum war er zu einem Spaziergang aufgebrochen, zogen dunkle Wolken auf und verhöhnten den Wetterbericht. Es hatte fast magische Qualitäten; sie hätte plötzlich schrecklich gerne gewusst, ob das heute noch so war. Wenn sie Philipp danach fragte, würde er sie wahrscheinlich ansehen, als hätte sie den Verstand verloren.

»Reisen Sie auch bis München, gnädige Frau?«

»Bis München? Gott bewahre!«, stieß sie aus und ärgerte sich sofort darüber. Als hätte sie mit dem Ausspruch auf seine Eingangsworte Bezug genommen oder schon jetzt viel mehr über sich verraten, als sie eigentlich wollte.

Der Mann lächelte nachsichtig, das machte sie noch zorniger. Er strich sich über den Pullover, beugte seinen Kopf nach unten und flüsterte auf seinen gewaltigen Bauch ein. Wären sie nicht inmitten so vieler Menschen gewesen, hätte er ihr Angst gemacht.

Als die Reisegruppe sich endlich durchgezwängt und den Gang wieder freigemacht hatte, stand sie auf, sagte »Küss die Hand« und ging.

Zwei Wagen hatte sie zu durchqueren, um an ihren Platz zurückzukommen. Mit jedem Schritt schwand ihre Lust, sich dort wieder niederzulassen und sich dem Geschwätz der Münchner auszusetzen. »Chill mal«, hätte Philipp gesagt. Sie hatte seine Stimme im Ohr, dünn und brüchig, dauergenervt und trotzdem weich, und sie verbarrikadierte sich kurz entschlossen in der Zugtoilette. Vielleicht war dies der letzte Ort, an dem man etwas Ruhe fand. Aber sie merkte schnell, dass das nicht funktionierte; alles, das sie fand, war Enge und Dreck und der neuerliche Wunsch zu fliehen.

Sie wusch sich ausgiebig die Hände, atmete tief durch, als müsste sie sich wappnen, setzte so gut es ging ein Lächeln auf und wollte zurück zu ihrem Platz. Doch schon als die automatischen Schiebetüren sich öffneten, hörte sie wieder die Frau, die von ihrer sterbenden Tante berichtet hatte. »Komisch«, sagte sie, »es heißt doch, dass Frauen viel mehr reden, oder? Aber die superschlauen Vorträge halten eigentlich immer die Männer.« Das spitze Gelächter stieß sie zurück, direkt wieder in die andere Richtung.

Noch einmal ging sie zur Toilette, aber die Türen beider Kabinen waren verschlossen, und für einen Moment überschwemmte sie ein Gefühl der Ziel- und Haltlosigkeit. Schon Sekunden später fing sie sich wieder, schämte sich sogar vor sich selbst für die Macht dieses Gefühls, aber sie ahnte doch, dass es aus einem dunklen Areal stammte, von dem aus auch in Zukunft immer wieder solche Attacken drohten. Hier auf dem Gang, in diesem Zwischenbereich wollte sie nicht bleiben, es war zugig und unbequem, also war das Bord-Restaurant wohl die einzige Option.

Obwohl sie nur ein paar Minuten fort gewesen war, erkannte sie niemanden wieder. Sie war sich nicht einmal sicher, ob die Frau in DB-Uniform dieselbe war wie eben. Nur der bärtige Mann saß noch am selben Platz; mittlerweile standen drei Flaschen alkoholfreies Bier vor ihm, sie konnte sich nicht daran erinnern, ob sie eben auch da gewesen waren. Der Mann bemerkte sie nicht, er sprach lebhaft, fast aufgeregt mit einem Paar am Nebentisch. Es wirkte, als unterhielten sich die drei schon ewig. Die Frau war schwanger, hochschwanger, und ihr Partner deutete lachend auf den Bärtigen, zeigte auf seinen dicken Bauch und fragte: »Wann ist es denn bei Ihnen so weit?«

»Im Frühling«, sagte der, ganz selbstverständlich: »Errechnet ist der zwölfte April.«

Sie sah sich aufmerksam um: Wirklich niemanden erkannte sie wieder, es war, als wäre sie Stunden fort gewesen. Die Frau trank ihr Wasser aus und verabschiedete sich, und beide erhoben sich lachend. Kaum waren sie gegangen, deutete der Bärtige auf die frei gewordenen Plätze. »Bitte sehr, die Dame«, sagte er.

Sie zögerte, setzte sich aber. Schlagartig spürte sie eine tiefe, schwere Müdigkeit. Jetzt könnte sie schlafen, dachte sie und ärgerte sich, dass sie nicht auf ihrem Platz geblieben war. Die DB-Mitarbeiterin kam, nahm die leeren Gläser und fragte sie, was es sein dürfe. Obwohl sie auf nichts wirklich Lust hatte, bestellte sie ein alkoholfreies Bier, und das Lächeln des Mannes, zustimmend, beschwichtigend, ärgerte sie noch mehr: Dass sie dasselbe trank wie er, schien er als Angebot zu verstehen. Als Geste der Verschwisterung.

»Ist doch tröstlich, finden Sie nicht?« Seine Stimme klang jetzt genau wie die des Moderators heute Nacht – weich, fast breiig, triefend vor Verständnis. Er sah sich demonstrativ in dem Wagen um: »Sogar hier, in diesem elenden Bord-Restaurant, kann man finden, wonach man gar nicht gesucht hat.«

Sie verstand ihn nicht, war jedoch zu müde, um das zu hinterfragen. Draußen war es dunkel geworden, etwas zu plötzlich, es fühlte sich an, als säße sie schon viel zu lange in diesem Zug. »Mmh«, machte sie und war froh, als ihr Bier gebracht wurde. Sie beschäftigte sich mit dem Einschenken, als wäre es eine komplizierte Aufgabe, bei der sie keine Störung ertrug.

Der Mann ließ sie eine Weile in Ruhe, dabei strich er sich immer wieder über den Bauch. Er lächelte ununterbrochen. Sie starrte abwechselnd auf ihr Glas und auf das Fenster, durch das sie kaum etwas erkennen konnte. Doch Ruhe fand sie nicht. Sie war sich sicher, dass der Mann sie wieder ansprechen würde, und überlegte, was sie selbst sagen könnte, um nicht seinem Unsinn ausgesetzt zu sein. Sie könnte über Philipp reden, über seinen Praktikumswunsch, aber das verwarf sie gleich wieder; es wäre ihr wie ein Verrat erschienen. Wahrscheinlich musste ihre Arbeit als Thema herhalten, obwohl sie gerade darüber im Augenblick nicht sprechen wollte. Zu unzufrieden hatte der Tag sie gemacht, zu angegriffen war sie noch. Er hatte schon schlecht begonnen am Morgen, als es viel zu lange gedauert hatte, bis die

Teilnehmer begriffen, was eine Eröffnungsbilanz war; dass sie mit der Abschlussbilanz übereinstimmen musste und trotzdem nicht dasselbe war: Bilanzkontinuität. Dass in den schmalen Raum zwischen Anfang und Ende laut Handelsrecht nichts hineinpasste außer einem Gleichheitszeichen.

»Haben Sie nicht auch manchmal das Gefühl, dass Sie nur das Leben von jemand anderem nachahmen? Von jemandem, den Sie gar nicht kennen?«

Sie konnte nicht anders, als ihn anzuschauen. Er lächelte, mit einer Nachgiebigkeit, die sie aggressiv machte. »Bei mir ist das vorbei«, fuhr er fort. »Ich habe das einfach bleiben gelassen.«

»Ach ja?«, sagte sie. »Dann herzlichen Glückwunsch. Sie sind morgens aufgestanden und haben ein neues Leben begonnen, nehme ich an – Ihr *eigenes* diesmal, richtig?«

Je lauter und schroffer sie sprach, desto weicher wurde sein Lächeln. Trotz des Bartes wirkte seine Miene jetzt wie in Pastell.

Sie wandte sich ab. Die Dunkelheit draußen machte die Fensterscheiben zu einem Spiegel, in dem das hell erleuchtete Innere des Wagens klar zu erkennen war. Sie vermied es, sich anzusehen.

»Ich war mir selbst ein schlechter Partner«, sagte der Mann. »Ich und ich, das war eine Vernunftehe, verstehen Sie? Ich habe mich scheiden lassen.« Er lachte lautlos, bewegte die Schultern auf und ab, strich sich wieder über den Bauch.

»Oh!«, rief sie und spürte, wie die Wut in ihr anwuchs, obwohl sie es nicht wollte: »Sich scheiden lassen, wie originell! Wissen Sie was: Die meisten Leute träumen von einem anderen Leben. Aber so sehr sie ihren Traum genießen, so wenig wären sie imstande, das andere Leben zu führen. Einen halben Schritt ab vom gewohnten Weg und sie machen sich in die Hose. Fünf Minuten in fremden Kleidern und sie merken, wie gut ihnen die passen, die sie jeden Morgen lustlos überstreifen!«

Der Mann lachte zwar nicht mehr, aber sein Lächeln war untilgbar. Einige Leute drehten sich zu ihr um, offenbar war sie zu laut geworden. Sie umklammerte ihr Glas mit beiden Händen, spürte die Kühle des Biers. Sie dachte an die Frau, die in der Nacht bei dem Moderator mit den riesigen Kopfhörern angerufen hatte; sie wäre jetzt gerne so ruhig gewesen, wie die Frau geklungen hatte. Und sie wünschte sich plötzlich, auch noch einmal jemanden verlassen zu können.

»Sich trennen, nicht wahr?«, sagte der Mann. »Ist gar nicht so leicht.«

Sie kniff ihre Augen zusammen, biss die Zähne aufeinander. Sie hätte sich nie zu diesem Typen setzen dürfen, der offenbar von morgens bis abends kluge Sprüche von sich gab und den Leuten erklärte, wie sie ihr Leben verbessern konnten. Wie sie Gesetze erfüllen oder zielführend brechen konnten, die nur in seinem Hirn existierten. Oder in seinem Bauch – Platz genug wäre gewesen.

»Na sehen Sie«, sagte er, »jetzt lächeln Sie schon wieder.« Er goss nacheinander aus allen drei Flaschen den letzten Rest Bier in sein Glas und trank den Schluck mit geschürzten Lippen. »Sie sollten nie gegen Ihre eigenen Wünsche argumentieren, nur weil es wehtut, wie schwer sie zu erfüllen scheinen.« Er setzte das leere Glas erneut an, schien gar nicht zu merken, dass nichts mehr darin war. »Was auch immer Sie vertagen, am Ende vertagen Sie nur sich selbst.«

Der Mann machte sie sprachlos, aber innerlich versuchte sie doch, ihm etwas zu entgegnen. Sie war keine Aufschieberin; wenn es etwas zu besprechen gab, dann vereinbarte sie einen Termin und brachte auf den Tisch, was es zu klären galt. Und je verdruckster ihre Kollegen waren – vor allem ihre männlichen Kollegen konnten forsch und verdruckst in derselben Sekunde sein –, desto mehr war sie um Aussprache bemüht. Kleinigkeiten wuchsen sich aus zu stattlichen Problemen, wenn man sie nicht ernst nahm und behob.

»Ganz richtig«, sagte er, »ganz richtig. Aber wenn es um einen selbst geht, sieht doch alles etwas anders aus, oder nicht?«

Sie umfasste noch immer ihr Glas, hatte kurz Lust, es ihm an den Kopf zu werfen. Wenn es um ihr eigenes Leben ging, war tatsächlich nie der richtige Zeitpunkt da, eine Änderung herbeizuführen. Die Scheidung war wie von selbst geschehen, und nun konnte sie nicht etwas Neues beginnen, solange Philipp nicht erwachsen und ausgezogen war; jedes Risiko hätte vor allem *ihn* bedroht. Auf ihrem Weg ging sie aufrecht, aus eigener Kraft, bei jedem kleinen Zwischenhalt Schwierigkeiten aus der Welt schaffend. Aber der Verlauf des Weges selbst war vorgegeben, unveränderbar – nicht immer verständlich, aber felsenfest wie ein Naturgesetz.

»Stimmt doch, oder, gnädige Frau?«

Sie starrte ihn an, wusste für einen Moment nicht, ob sie ihren eigenen Gedanken oder *ihm* zugehört hatte. Es fühlte sich an, als hätte er sich in ihr Inneres eingeschlichen, und sie musste ihn so schnell wie möglich wieder dort hinaus bekommen.

»Was wir in uns tragen«, sagte er, »das können wir nicht ausspucken und liegen lassen wie einen Kirschkern. Zur Welt bringen müssen wir es, und dann gehört es doch immer noch zu uns.«

Sie wusste endgültig nicht mehr, ob sie ihn auslachen, beschimpfen, ihm ins Gesicht schlagen oder einen Arzt rufen sollte, der ihn in Gewahrsam nähme; ob er sie wütend oder ihr Angst machte oder einfach nur Mitleid erzeugte.

»Seit ich weiß, dass ich ein Kind erwarte«, sagte er, »lass ich mich nicht mehr ins Bockshorn jagen.« Er beugte sich über den Gang, zwinkerte und flüsterte ihr zu: »Und auch sonst nirgendwo hin.«

Sie begriff nicht, weshalb sie nicht einfach aufstand und ging, den Dicken seiner Verwirrtheit überließ. Sie trank einen Schluck, ihn dabei fixierend, und erschrak, wie warm das Bier zwischen ihren Händen geworden war.

»War es bei Ihnen nicht genauso damals?«, fragte er. »Dass sich alles geändert hat und alle Beständigkeit aus dieser Änderung erwuchs?«

»Ich habe keine Kinder!«, rief sie. Aber sofort merkte sie, dass sie Philipp damit nicht beschützte, sondern ihn verriet. Schon wieder, dachte sie – als wäre sie ihrem Sohn heute laufend in den Rücken gefallen. Sie schüttelte heftig den Kopf und wollte anheben zu einer Richtigstellung, einer großen, umfassenden, alle Irritation beseitigenden Richtigstellung, als ihr Handy in der Tasche vibrierte. Ratlos hielt sie inne, zögerte, zog das Telefon dann aber doch hervor. Es war eine SMS von ihrem Ex-Mann. Auch das noch, dachte sie, so als wollte er sich plötzlich in eine Diskussion einmischen, die schon ohne ihn verheerend genug verlief.

»Lesen Sie ruhig«, sagte der Mann, und sie gehorchte augenblicklich.

Es gibt etwas Wichtiges, schrieb er, ohne Anrede, ohne Namen: *etwas Schönes. Etwas richtig wichtig Schönes. Aber nichts fürs Telefon. Wann hast Du Zeit, wann können wir reden?*

Sie hielt das Gerät näher ans Gesicht, aber die Nachricht blieb dieselbe, sie hatte sich nicht verlesen. Das klang überhaupt nicht nach ihrem Ex-Mann, diese spielerische Kürze, der Rhythmus, der Anflug des Poetischen. Trotzdem sah sie ihn vor sich, in aller fast schmerzhafter Deutlichkeit: Sie sah, wie er die Haustür öffnete, sie auf Abstand hielt und doch hereinbat; wie er sie in eine große neue Wohnung führte, ihr alles zeigte, stolz und dabei rücksichtsvoll – neue Räume, neue

Farben, neue Menschen. Hatte er wieder geheiratet, hatte er es vor? Hatte er einen neuen Job, war aufgestiegen, hatte er sich selbstständig gemacht, wie er es seit Jahren behauptete vorzuhaben?

»Gute Nachrichten?«, fragte der Mann.

»Wahrscheinlich«, sagte sie – »aber wahrscheinlich nicht für mich.« Was auch immer es war, das er ihr mitzuteilen hatte, das *richtig wichtig Schöne,* sie war sich sicher, dass es sie erst erschrecken und dann zurücklassen würde, allein auf eine Weise, die sie noch nicht kannte, aber lange schon fürchtete. Und Philipp, auch da war sie plötzlich ohne Zweifel, wusste es längst und hatte versprechen müssen, ihr nichts davon zu sagen. Vielleicht war es ihm nicht einmal schwergefallen, weil sie für ihn jemand war, der sich nie änderte und bei dem daher auch Nachrichten über Veränderungen anderer nicht richtig aufgehoben waren. Bilanzkontinuität, dachte sie, und auf einmal klang es ein bisschen wie Bankrott. Sie hatte keine Ahnung, woher all diese Gedanken, all diese Gewissheiten plötzlich kamen, aber sie hatten die Wut und den Ärger, alle Angriffslust in ihr völlig verdrängt. Sie wollte einen Schluck Bier trinken und wunderte sich, dass ihr Glas leer war.

»Na kommen Sie schon«, sagte der Mann. Er war ans Fenster gerückt und deutete einladend auf den Platz neben sich.

Tatsächlich wollte sie aufstehen und sich neben ihn setzen, als erneut ihr Handy vibrierte. Diesmal war es eine Nachricht von Philipp. Auch sie kam ohne Anrede aus, war noch kürzer als die seines Vaters: *Bin nicht da, wenn du nach Hause kommst. Keine Sorgen – bloß bis morgen.* ☺

Sie legte ihr Telefon auf den Tisch, restlos verwirrt und zugleich bestätigt in allem, das sich in den letzten Minuten in ihr aufgebaut hatte.

»Na kommen Sie schon«, sagte der Mann noch einmal, seine einladende Geste wiederholend.

Diesmal stand sie auf, ging den Schritt zu ihm hinüber und setzte sich neben ihn. Die Bank war warm. Sie wusste nicht, wann sie zu Hause sein würde, wie lange sie noch fahren musste; maximal eine Viertelstunde wahrscheinlich, aber es war ihr ganz egal. Der Mann sagte jetzt nichts mehr, auch legte er nicht einen Arm um sie oder bot ihr seine Schulter an in gespielter Stärke. Er saß nur schweigend neben ihr, und je länger das andauerte, desto aufrechter fühlte sie sich.

Sie blickte starr geradeaus, und es dauerte eine Weile, bis sie wieder wahrnahm, was um sie herum geschah. In dem Moment kamen drei der Münchner in das Bord-Restaurant. Es waren die Frau mit der gestorbenen Tante, ihr Sitznachbar und eine sehr junge Frau, die vor Kurzem erst bei der Personalqualifizierungsgesellschaft der Stadt München begonnen hatte: Frau Haberland, Herr Duckstein und Frau Schlesinger, auf einmal fielen ihr alle Namen wieder ein. Die drei waren laut, obwohl sie nur wenig sagten, von Lachen unterbrochen, dem man den Sekt anhörte. Sie hatten ihre Becher dabei, wollten offenbar Nachschub holen. Als sie sie sahen, dicht neben dem fremden Mann mit dem gewaltigen Bauch, blieben sie stehen, sahen einander an und tauschten Blicke aus, die wie Ausrufe in einer fremden, unverständlichen Sprache wirkten. Herr Duckstein rülpste, die beiden Frauen lachten, dann drehten sich alle drei um, lächerlich in ihrer Synchronität, und gingen an den kleinen, halbrunden Tresen. »Einer geht noch«, sagte Herr Duckstein, und Frau Schlesinger sagte: »Wenn der Sensenmann bei mir klingelt, will ich ihn nicht hören. Weil die Party so schön laut ist.« »Einer geht noch rein«, vollendete Frau Haberland, dann hörte sie nicht mehr hin.

»Ab jetzt wird alles anders«, sagte der Mann neben ihr, seine ersten Wörter seit geraumer Zeit. Und zum ersten Mal strich er sich wieder über den Bauch.

»Aha«, sagte sie, spürte, wie der Zug beschleunigte und dachte: ab jetzt. Und noch einmal: ab jetzt – ab jetzt – ab jetzt, bei jeder Wiederholung schon ein paar hundert Meter weiter. »Ab jetzt?«, fragte sie und sah aus dem Fenster, an dem Mann vorbei in die Dunkelheit hinaus.

»Ja«, sagte er, »genau«, und umfasste ihr Handgelenk. Mit der anderen Hand schlug er sein Jackett beiseite, präsentierte die ungeheure Wölbung seines Pullovers. »Ja«, wiederholte er, »genau«, und sah sie an.

Sie legte eine Hand auf seinen Bauch, sanft von ihm dort hingeführt – erst auf den Pullover, dann darunter, unter das T-Shirt sogar. Sie schloss ihre Augen, konzentrierte sich ganz auf das, was sie spürte: seine Haut unter dem T-Shirt und die Bewegung darunter, so zart wie bestimmt. Tritte vielleicht, Turnübungen eines noch nicht entwickelten Bewusstseins; die ersten Regungen eines neuen Lebens.

V.

Es war das erste Mal, dass er Meinert mit seiner Ehefrau erlebte. Sie gingen in der Mittagspause zusammen zum Koreaner, und sie war zufällig in der Stadt, entdeckte sie und setzte sich zu ihnen. David dachte immer, die Frau müsse quirlig und lebhaft sein, dominant sogar, weil Meinert meistens schwieg und lächelte. Er war klein, hellhäutig und hatte dichtes blondes Haar.

Doch die Frau war ebenso klein, etwas pummelig, und sie wirkte besorgt. Ständig fragte sie ihren Mann, ob alles in Ordnung sei, ob er das Essen vertrage, es ihm gut gehe. Ob sie abends etwas Schönes kochen oder fürs Wochenende Theaterkarten besorgen solle.

Am Ende, Meinert hatte sich zum Abschied von seiner Frau küssen lassen, sie gingen langsam zurück ins Büro, sagte Meinert: »Sie glaubt, dass ich ihr verschweige, was mich glücklich macht.« Er sprach leise, gegen das Verkehrsrauschen war es schwer, ihn zu verstehen. »Aber das Schweigen«, sagte er, »das macht mich glücklich.«

LADEHEMMUNG

Dreimal läutete er, und als niemand öffnete, schlug er gegen die Tür. Zürner war schwerhörig. Trotzdem war er der leiseste Mensch, den er kannte. Falls er überhaupt einmal sprach, waren seine Worte kaum hörbar. Eigentlich war es unmöglich, dass er sich selbst verstand.

Er schlug noch einmal gegen die Tür. Es klang hohl, anders als im ersten und im zweiten Stock. Er fragte sich, wie es von außen klang, wenn bei ihm jemand anklopfte. Wenn.

Er zögerte, wollte schon hinunter und zurück zur alten Schneider, aber dann nahm er doch den Schlüssel und öffnete. Er hatte Zürner seit Wochen nicht gesehen, die Schneider meinte, seine Vorhänge hätten sich sogar seit Monaten nicht bewegt. Sie übertrieb gerne, aber wenn sie etwas vom Leben wusste, dann vom Leben ihrer Mieter.

Sofort hatte er das Gefühl, eine leere Wohnung zu betreten. In dem wenigen Licht, das in den Flur fiel, bewegten sich Staubflocken, und eine Fliege landete träge auf dem Teppichboden. Gelüftet worden war hier lange nicht. Er zögerte erneut, schloss die Tür hinter sich und ging weiter. Augenblicklich wurde es so dunkel, als ob drinnen eine andere Tageszeit herrschte als draußen.

»Herr Zürner?« Selbst wenn er da war, konnte er ihn so nicht hören. »Herr Zürner!« Über eine gewisse Lautstärke kam er nicht hinaus. Manchmal hatte er das Gefühl, dass er nur noch eine bestimmte Anzahl von Sätzen zur Verfügung hatte, und je näher er dem Ende des Kontingents kam, desto anstrengender wurde es, überhaupt etwas zu sagen.

»Herr Zürner?« Jetzt erst nahm er den Geruch wahr. Es war mehr als nur verbrauchte Luft; eine Spur von Tierfutter vielleicht oder von verdorbenem Essen. Etwas Herbst auch, altes, feuchtes Laub. Und Staub.

Seit er keine Arbeit mehr hatte, spielte er den Hausmeister für die Schneider, und das bisschen Miete, das sie ihm erließ, war sicherlich weniger, als sie Ferger gezahlt hatte. Was auch nicht viel gewesen sein konnte. Als die Schneider ihm den Generalschlüssel gab, hatte er sich erst gefreut und war dann erschrocken bei dem Gedanken, dass auch Ferger diesen Schlüssel gehabt haben musste. Einmal hatte er ihn in der Stadt gesehen, vor über einem halben Jahr, mittags schon mit einer Dose Bier auf dem Marktplatz sitzend, und hatte hinterher bei sich geputzt. Zum ersten Mal seit langer Zeit. Hatte überall Fergers Fußspuren und Fingerabdrücke zu sehen geglaubt. Verfaulte Reste fremder Neugier.

Alle Wohnungen im Haus waren identisch geschnitten, daher wusste er, welche Tür in welches Zimmer führte. Er schlich am Bad vorbei, hielt einen Moment vor der Küchentür inne, wandte sich nach rechts und klopfte noch einmal. Es klang ganz anders als an der Wohnungstür; es fühlte sich an, als wäre diese hier aus dünnem Sperrholz. Als genügte ein einziger Hieb, um sie einzuschlagen.

»Herr Zürner?«, sagte er noch einmal, aber er wusste, dass er keine Antwort bekommen würde. Bei der letzten Silbe schon drückte er die Klinke herunter und trat in das Zimmer.

Sofort hielt er sich eine Hand vor die Augen; das wenige Licht blendete ihn, war heller als erwartet. Nach wenigen Sekunden gewöhnte er sich daran, ließ die Hand sinken und sah sich um. Die Vorhänge waren aus dünnem Stoff, ein helles Blau, das ihn an seine Kindheit erinnerte. Er trat ans Fenster, aber etwas hielt ihn davon ab, den Vorhang anzufassen. Alles hier wirkte, als wäre es lange nicht berührt worden.

Er sah sich um. Der Fernseher war alt, eine schwere, klobige Röhre. Kein einziges Bild hing an den Wänden, an dem quadratischen Esstisch stand nur ein Plastikstuhl; über die Lehne war eine Strickjacke geworfen, und auf dem Tisch stand eine leere getöpferte Blumenvase.

»Herr Zürner«, sagte er wieder, keine Frage mehr jetzt. Niemand war hier. Er ging vom Fenster weg und stellte sich neben den Sessel. Auf dem Couchtisch lag eine Fernsehzeitschrift. Er beugte sich vor, las das Datum und rechnete nach. Fünf Wochen. Er versuchte sich zu erinnern, was er vor fünf Wochen getan hatte. Doch da war gar nichts, nur flirrend-weißes Licht, eine leere Fläche, auf die er vergeblich zu fokussieren versuchte. Mit einem Mal hatte er das Gefühl, er werde nie die Kraft aufbringen, hier wieder fortzukommen. Das Blut sank ihm aus dem Kopf, ihm wurde schwindelig. Er trat einen Schritt zur Seite, die Beine zittrig, und ließ sich in den Sessel fallen. Staub wirbelte auf, er atmete ihn ein und schloss die Augen.

Nach einer Weile fühlte er, wie sein Kreislauf sich stabilisierte. Schweißtropfen waren ihm auf die Stirn getreten, er spürte sie als einzelne kühle Punkte. Die Müdigkeit war jetzt kein Gegner mehr, sondern etwas, dem er sich hingeben konnte. Wieder schloss er die Augen, fühlte seine eigene Schwere in dem Sessel, und gerade als er wegzudämmern begann, schreckte das Geräusch ihn auf.

Er hob seine Lider und hielt die Luft an. Seine Hände krallten sich in die Sessellehnen. Es waren Schritte, eindeutig, träge Schritte über Teppichboden, und obwohl sie nicht lauter wurden, klang es, als ob sie direkt auf ihn zukämen.

»Herr Zürner«, sagte er noch einmal, nicht mehr als ein Flüstern jetzt, und brachte genug Energie auf, um sich zu erheben. Die Schritte hielten inne, auch er rührte sich nicht, und erst als er vom Sessel weg in die Zimmermitte ging, waren auch die Schritte wieder hörbar. Sie wirkten jetzt ferner, gedämpfter, und sein Puls verlangsamte sich wieder. Er öffnete den Mund, ohne etwas zu sagen, und erschrak noch einmal, als ein rauer, trockener Husten zu ihm drang. Doch in dem Moment wusste er, dass es die alte Schneider war. Ihre Wohnung lag direkt über der von Zürner, und von dort kamen die Geräusche. Noch einmal dieses Husten, noch einmal ein paar Schritte, dann herrschte wieder Stille.

Obwohl er Lust hatte, sich in den Sessel zu setzen, sich einfach auszuruhen in dem bläulichen Halbdunkel, ging er zur Zimmertür. Er ließ sie offen stehen, trat auf den Flur; ein wenig Licht würde er brauchen. Er atmete tief durch, und jetzt war ihm klar, woher der Geruch kam, den er vorhin wahrgenommen hatte. Er biss die Zähne aufeinander und drückte die Klinke herunter. Er ahnte, dass er all seine Kraft brauchen würde für das, was in der Küche auf ihn wartete.

»Und?«, sagt sie. »Was war jetzt in der Küche?«

Er weiß, dass sie es längst ahnt. »Zürner war nicht das Erste, was ich gesehen hab«, sagt er. »In einem Film würde die Kamera sofort auf die Leiche schwenken. Würde das Blut zeigen, das aus der Schläfe gelaufen ist, die kleine Pfütze auf dem Boden. Schon angetrocknet, aber immer noch glänzend. Die Schneider hat nicht begreifen können, dass sie nichts gehört hat. Als wäre die Sache an sich nicht das Schlimme, sondern dass sie es nicht mitbekommen hat. Das hat sie fassungslos gemacht, sogar auf der Beerdigung hat sie es jedem erzählt. Na ja«, sagt er, »viele waren eh nicht da.«

Es irritiert ihn, dass sie lacht. Sie schüttelt den Kopf, lehnt sich zurück. Jetzt, da sie das Bild vor sich hat, nur noch wenige Puzzleteile fehlen, scheint sie zu denken, dass es von Anfang an klar gewesen ist; dass es ganz einfach hätte sein müssen, Teil an Teil zu fügen.

»Und dann würde sie auf die Pistole schwenken«, sagt er. »Also, die Kamera. Man würde sehen, was man eh schon weiß, und dann wäre man erleichtert.«

Sie runzelt die Stirn.

»Wenn aus dem Horrorfilm ein Krimi wird, ist alles gut, oder?«

Sie schüttelt den Kopf, sieht zur Kaffeemaschine. Sie fährt mit dem Finger über den Rand ihrer leeren Tasse, die Lippen nicht ganz geschlossen, und starrt vor sich ins Leere. Plötzlich sieht sie ihn an: »Sondern?«

»Was meinst du?«

»Du hast nicht zuerst die … nicht zuerst diesen Zürner gesehen, hast du gesagt. Was sonst?«

»Die Zigaretten«, sagt er. Er muss sich nicht anstrengen, muss noch nicht einmal die Augen schließen, um es wieder vor sich zu sehen. Vier Päckchen Tabak, zwei davon schon leer und eine geöffnet, dreimal Zigarettenpapier und zwei Tüten mit Filtern. Eine war geöffnet, die letzten paar Filter waren auf den Tisch gerollt. Und daneben: mindestens hundert Zigaretten, so akkurat neben- und übereinandergelegt, wie sie gedreht waren. »Eine richtige Fabrikation«, sagt er. »Das hätte noch für eine Woche, wahrscheinlich für länger gereicht. Er war … Ich habe ihn nie rauchen sehen, und in der Wohnung roch es überhaupt nicht nach Qualm.« Er atmet tief durch, spitzt die Lippen. »Er hat sich einen Vorrat angelegt, und dann …«

»Und die Pistole?«, fragt sie.

Er nickt, streckt seine rechte Hand vor, als reiche er ihr etwas. »Es war die erste Waffe, die ich in der Hand hatte«, sagt er. »Die erste richtige Feuerwaffe.«

»Du hast sie aufgehoben?« Er kann nicht entscheiden, ob da eher Schreck oder Vorwurf ist in ihrer Stimme. Sorge oder Unverständnis. »Warum hast du mir das alles nie erzählt?«, sagt sie.

»Jetzt«, sagt er. »Jetzt erzähle ich es ja.« Er macht eine Pause, das Sprechen wird auf einmal wieder anstrengend. Als müsste er haushalten mit seinem Vorrat an Wörtern. Immer wieder passiert es ihm, dass er hineinrutscht, nicht in die Erinnerung, sondern in das Gefühl selbst. So als zöge er nicht alte Kleidung an, die er auf dem Speicher gefunden hat, sondern hätte dieselbe Haut wie vor Jahren; dieselbe Luft in den Lungen, dasselbe Licht in den Augen. Dieselbe Dunkelheit.

»Und?«, sagt sie.

Er weiß nicht genau, wonach sie fragt. Er greift nach seiner Tasse, riecht an dem Kaffee. Betrachtet den Tisch, an dem er sitzt, und lässt seinen Blick über die beiden Poster streichen, die an ihrer Küchenwand hängen. Hier bin ich, sagt er sich, jetzt ist jetzt. Es fällt ihm nicht leicht, sich das zu glauben. Ob er an der Tasse tatsächlich dieselben Fingerabdrücke hinterlässt wie damals an der Pistole?

»Du hast doch die Polizei gerufen, oder?«, sagt sie. »Und den Notarzt?«

Er versucht zu lächeln. Warum er die Waffe in die Hand genommen hat, hat er erklären müssen. Die alte Schneider hat die Polizei gerufen, schockiert und doch irgendwie begeistert, belebt; den Arzt müssen die Beamten verständigt haben. Ob er sonst noch etwas berührt habe, haben sie ihn gefragt. Ob noch jemand in der Wohnung gewesen sei. Seine Lippen waren schwer und seine Zunge ungelenk. Der Arzt hat sich mehr um ihn gekümmert als um den Toten.

»Das war eine schwere Zeit für mich damals«, sagt er. »Das alles war –« Falls es das richtige Wort gibt, um den Satz zu vollenden, ist es ihm entfallen. Einen Moment lang hat er panische Angst, es niemals wiederzufinden.

»Liebling«, sagt sie, ihre Stimme ist weicher geworden, ihre Augen größer und heller. Sie beugt sich vor und legt ihre Hand auf seine.

Er fragt sich, ob man ihre Fingerabdrücke auf seiner Haut feststellen könnte. Die Spuren wie vieler Menschen an ihm nachweisbar wären. »Zürner«, sagt er, es fühlt sich sonderbar an, so häufig diesen Namen auszusprechen, den er lange Zeit nur gedacht hat. »Sie haben ihn weggetragen in einem dieser Metallsärge, die man im Fernsehen immer sieht. Die gibt es wirklich«, sagt er.

Sie zieht langsam ihre Hand von seiner und lehnt sich wieder in ihrem Stuhl zurück, aber ihr Blick ist noch immer weich und warm. Die Kaffeemaschine gibt ein gurgelndes Geräusch von sich, und der Kühlschrank springt an. Draußen singt ein Vogel.

»Sie haben den Sarg aus der Küche getragen, in den Flur, da ist es eng, und – sie sind gegen die Wand gestoßen. Dieses Geräusch, das vergesse ich nicht. Nicht wie das Metall gegen die Wand stößt, meine ich, sondern das leise Rumpeln in dem Sarg.« Er hebt seine Tasse, trinkt den kalt gewordenen Kaffee aus. Obwohl er das Gesicht verzieht, tut die Bitterkeit ihm gut. »Rumms«, macht er. »So ein tiefes, dumpfes Geräusch.« Die Tasse behält er in der Hand.

»Liebling«, sagt sie noch einmal.

»Er hat sich entschieden«, sagt er. »Die Fernsehzeitschrift, die Vorhänge, alles. Er war schon wochenlang tot, bevor er es zu Ende gebracht hat. Aber die Entscheidung, die hat er getroffen.«

Ihre Augen werden wieder kleiner, auf ihrer Stirn bilden sich Falten. »Nein«, sagt sie leise. »Er war bestimmt sehr einsam, so klingt es jedenfalls, aber aufgeben« – sie schüttelt den Kopf, spricht lauter und hebt beide Hände – »aufgeben darf man nicht. Nie«, sagt sie.

Er stellt die Tasse ab, atmet tief durch. »Warum eigentlich nicht?«, sagt er. Er schafft es, ihr dabei in die Augen zu sehen. »Warum eigentlich soll man nicht aufgeben dürfen?«

Jahre wird es dauern. Ein paar Mal werden sie telefoniert haben seit ihrer Trennung, aber die Gespräche werden schwierig sein, schleppend. Sie werden miteinander reden wie Fremde, die von irgendwem gehört haben, dass sie einander eigentlich gut verstehen müssten. Und dann werden sie einander wiedersehen, halb zufällig, halb verabredet, weil sie ihm geschrieben hat, dass sie in der Stadt sei an jenem Abend, aber nicht viel Zeit habe, und er dort spazieren gehen wird, wo sie vermutlich unterwegs ist. »Hallo«, wird er sagen, als er sie sieht, »hallo« auch sie, als sie ihn erkennt, und dann werden sie eine gute Stunde am selben Tisch sitzen, er wird zwei Bier trinken, alkoholfrei mittlerweile, und sie eine riesige Tasse Milchkaffee. Sie werden freundlich sein zueinander, werden über all das nicht sprechen, das ihnen passiert ist seitdem, aber einander – vielleicht auch sich selbst – das Gefühl geben, dass sie alles gut überstanden haben. Dass sie wieder Passagiere sind, keine Schiffbrüchigen mehr. Und dann wird sie ihm sagen, dass ihr dieser Mann nicht aus dem Kopf gehe. »Immer wieder«, wird sie sagen, »denke ich den Namen: Zorn. Nicht wahr, so hat er geheißen? Der Mann mit der Pistole.«

»Ja. Das heißt, nein. Zürner«, wird er sagen. »Der alte Zürner im dritten Stock.«

»Ja!« Und sie wird lächeln, und in dem Moment wird er sie wiedererkennen, wirklich wiedererkennen, und er wird ihr gestehen, dass der Mann mit der Pistole eigentlich er gewesen ist. »Ich habe die Waffe genommen«, wird er sagen, »und nicht wieder zurückgelegt. Nicht gleich. Ich habe mich wieder in den Sessel gesetzt, drüben im Wohnzimmer, wo die blauen Vorhänge waren. Ich habe die Fernsehzeitschrift zugeschlagen und vorher die Strickjacke ordentlich über die Stuhllehne gehängt.«

Ihr Lächeln wird dünner werden, aber bis zum Ende nicht verschwinden, nicht ganz.

Er wird ihr sagen, dass er eine Weile dagesessen hat, Minuten lang, vielleicht sogar noch länger, und irgendwann den Lauf gegen seine Schläfe gehalten hat. »Ich habe abgedrückt«, wird er sagen, »aber es ging nicht. Der Abzug hat geklemmt, vielleicht war ich auch einfach nicht stark genug.« Dass er aufgestanden sei aus dem Sessel, noch einmal im aufwirbelnden Staub, wird er sagen, im hellblauen Halbdunkel des Zimmers, und die Waffe wieder neben den Toten gelegt habe. »Zürner«, wird er wiederholen, »so hat er geheißen.« Dann zur alten Schneider, dann die Polizei, dann der Arzt, dann der Zinnsarg und das Rumpeln der Leiche auf dem Flur.

Sie wird seinen Namen sagen, zum ersten Mal an diesem Abend, zum ersten Mal auf diese Art jedenfalls. Weich wird ihre Stimme sein, ganz Sorge und Überraschung, kein Vorwurf darin.

»Ich habe der Schneider den Schlüssel gegeben, ich wollte ihn nicht mehr. Und dann bin ich durch die Stadt gegangen«, wird er sagen, »so wie heute, stundenlang.« Und, da wird er sich schon erhoben und Geld auf den Tisch gelegt haben: »Draußen war es viel heller, als ich gedacht hatte.«

VI.

Er wälzte sich hin und her, war sich nicht sicher, ob er überhaupt schon geschlafen hatte. Ihm war danach, irgendein Geräusch von sich zu geben, immer wieder, seinen Missmut nachzuspielen für ein imaginäres Publikum. Doch er stand so leise wie möglich auf, um Jana nicht zu wecken, und schlich in die Küche. Er schloss die Tür, machte nur über dem Herd Licht und schaltete das Radio ein. Sofort erkannte er das Gefühl wieder, ohne zu wissen, wann er es zuletzt gehabt hatte: alte Musik, Barock oder noch älter, ein Gewebe aus Traurigkeit, Innigkeit, Verlorenheit. Die Musik kam von weit her, aus dem Strom verstreichender Zeit, in dem er selbst untergehen würde, irgendwann. Alles ging ewig weiter, und alles war immer schon vorbei.

Am Morgen weckte ihn das Licht, das von draußen hereinschien, im Radio lief immer noch Musik, aber andere nun, etwas mit Gitarre und Posaunen. Er kochte Kaffee, Jana kam in die Küche und sagte sofort, wie wunderbar es rieche.

»Bist du schon lange auf?«, fragte sie.

»Nein«, sagte er, »ein paar Minuten erst«, und er hatte nicht das Gefühl, dass er log.

EINFACHE RECHNUNG

Als der Mensch von der Versicherung ihn fragte, wie alt er seiner Ansicht nach werde, sagte er: »76, glaub ich; das sagt doch die Statistik, oder? Keine Ahnung.«

»Sehen Sie«, sagte der Mann und hob seine Augenbrauen, als machte er ihm ein Angebot, das er nicht ausschlagen könnte: »Älter – Sie werden wesentlich älter.« Und dann erklärte er es ihm: Die durchschnittliche Lebenserwartung eines deutschen Mannes betrage tatsächlich 75,9 (»Wir haben aufgeholt«, sagte er und zwinkerte ihm zu: »Wir haben die Frauen bald!«). In diesen Wert seien jedoch alle männlichen Wesen eingerechnet, auch die, die jung stürben: Kranke, Selbstmörder, Unfallopfer. Selbst Säuglinge, sagte er, die nicht mal zwei Tage alt würden. Er lächelte, schien aufgeräumter Stimmung. »Aber jetzt müssen Sie neu kalkulieren. Rechnet man alle raus, die nicht mehr leben, dann werden Sie über 90. Und ich auch – wir werden beide über 90!«

Er sah ihn an, als erwarte er eine Antwort von ihm; Dank oder Zustimmung, etwas Verblüffung wenigstens. Sein Mund stand offen.

Doch er nickte nur. Die Rechnung war einleuchtend, er hatte bloß noch nie darüber nachgedacht. Die Statistik schlug all die Zeit, um die zu früh Gestorbene betrogen wurden, denen zu Buche, die noch am Leben waren. Es war simpel und doch erstaunlich.

Er verabschiedete sich bald (über die private Altersvorsorge und die Berufsunfähigkeitsversicherung wolle er in Ruhe nachdenken, sagte er) und fuhr nach Hause. Er drehte das Radio laut und nahm absichtlich einen Umweg. »Ich habe ja Zeit«, dachte er und genoss es, einfach umherzufahren.

In der Stadt sah er eine große Gruppe von Kindern. Sie waren fünf, höchstens sechs Jahre alt, ein Kindergarten vermutlich, und die Betreuer wirkten angespannt. Sie bereiteten die Überquerung der Straße vor, versammelten die ganze Gruppe an einem Zebrastreifen und ermahnten sie offenbar, gut auf die Autos achtzugeben. Dann gingen sie los.

Er hielt an dem Zebrastreifen, ließ den Gang aber eingelegt. Es waren bestimmt 40 Kinder, knapp die Hälfte davon Jungen. Er versuchte zu errechnen, wie viele Jahre es ihm einbrächte, wenn vier oder fünf von ihnen unter sein Auto gerieten. Es gelang ihm nicht, aber der Gedanke hatte etwas Erregendes. Fest umklammerte er das Lenkrad.

Als die Straße wieder frei war, fuhr er mit quietschenden Reifen an, was ihm augenblicklich peinlich war. Etwas später erst, als er die Kinder schon nicht mehr im Rückspiegel sah, brach ihm ein klein wenig der Schweiß aus.

VII.

Brandner war bekennender Nichtreisender. Er hatte unendlich viele Bücher gelesen, Filme geschaut, Konzerte besucht und Opern gehört. Er liebte gutes Essen und teuren Wein, den er sich ab und zu leistete, hatte trotzdem den Körper eines Freizeitsportlers. Aber im Urlaub blieb er zu Hause. »Ein gut aussehender Mann«, sagte Jana einmal, und David spielte mit Vergnügen einen Eifersüchtigen.

Sein Schreibtisch sah meistens chaotisch aus, doch ab und zu räumte er auf, ganz plötzlich, ohne erkennbaren Anlass, und nach einer halben Stunde konnte man denken, niemand sitze an seinem Platz. »Was ist los«, sagte dann jemand, »willst du kündigen oder stirbst du bald?« »Weder noch«, sagte er, »aber auf beides will ich vorbereitet sein.« Es war zu einem Spiel geworden, und vielleicht ging es genau darum.

Als ein Lieferant einmal erzählte, er habe drei Kinder von zwei Frauen, sagte Brandner: »Ich habe gar keine Kinder – aber von sehr viel mehr Frauen!«

Obwohl er keinen Ehrgeiz ausstrahlte, war er in der ganzen Abteilung am längsten im Büro, jeden Tag. Länger als der Chef. Er trug immer dunkle, einfarbige Hemden; schwarze schien er im Dutzend zu besitzen.

Er wolle etwas sehen von der Welt, sagte er einmal; deswegen stehe er zu Hause auch dauernd am Fenster.

Sie begann, Gift zu spucken, noch bevor ich meinen Namen sagen konnte. »Hurensohn«, rief sie, »Dreckskerl! Du treuloses, mieses Stück Scheiße!« Ich konnte den Alkohol in ihrer Stimme hören. Es war Samstagmorgen, kurz vor halb sieben.

Ich setzte mich im Bett auf, rieb mir die Augen. Ich war zu müde, um etwas zu entgegnen, aber wach genug, um zu bereuen, dass ich das Telefon auf den Nachtschrank gelegt hatte. Ich hielt es ein Stück vom Ohr weg und sagte ihren Namen. »Liebling«, sagte ich.

»Scheiß auf Liebling«, schrie sie. »Ich weiß, was du machst. Ich weiß, dass sie bei dir ist! Du Arschloch«, sagte sie, und dann sagte sie noch ein paar andere Dinge.

Seit zwei Tagen war sie unterwegs, und sie hatte es nicht geschafft, ihre Angst vor der Reise zu verbergen. Sie hatte gesagt, es sei eine Reise wie jede andere, endlich zurück in der Normalität, aber ich wusste, wie viel von ihr abhing. Bergmann hatte ihr Druck gemacht, und wenn sie nicht drei, vier richtig große Aufträge schriebe, würde es eng werden für sie. Monatelang hatte alles stillgelegen, Kunden waren abgesprungen, Bestellungen storniert worden. So sehr sie sich über die Fahrerei beklagte, über die Tage und Nächte in Hotels oder Pensionen, die schlechten Matratzen, die Stunden auf der Straße, so schwer hatte sie zuletzt das Eingesperrtsein verkraftet. Allein mit den Sorgen. Allein mit mir.

»Liebling«, sagte ich wieder, »du hast getrunken.« Ich stand auf und ging aus dem Schlafzimmer. Ich drehte mich noch einmal um und schloss die Tür so leise wie möglich.

Im Wohnzimmer roch es nach kaltem Zigarettenrauch, die Vorhänge waren zugezogen. Ich schob sie beiseite, aber von draußen kam nur trübes Licht herein, wolkengrau. Mit der freien Hand rieb ich mir die Augen, es war für alles noch zu früh.

»Was ist«, rief sie, »bist du stumm geworden? Hast du mir nichts zu sagen?«

Mein Kopf tat weh, ich brauchte Ruhe, Kaffee, frische Luft. In der nächsten halben Stunde würde ich nichts von alledem bekommen. »Wie geht's dir?«, fragte ich und versuchte, dabei nicht allzu bescheuert zu klingen.

Sie lachte, es war ein stoßweises, hustenähnliches Geräusch. »Wie soll's mir schon gehen. Das Hotel ist scheiße, das Bett ist scheiße, und die Kunden sind keine Kunden mehr. Wenn Bergmann anruft, geh ich nicht dran.« Ich hörte, wie Gläser gegeneinanderstießen; vielleicht fiel auch einfach etwas um. »Ich kämpfe hier gegen die ganze Scheiße an, und du amüsierst dich zu Hause.«

»Warte mal«, sagte ich, »warte doch mal.« Ich entschied mich dagegen, ein Fenster zu öffnen. Was auch immer hier passierte, es sollte nicht nach draußen dringen. Ich setzte mich aufs Sofa, erschöpft und nervös. »Ich amüsiere mich kein bisschen«, sagte ich, und im Augenblick war das die volle Wahrheit. Ich musste plötzlich husten, das Telefon noch an der Wange.

»Verdammt«, rief sie, »weißt du, wie weh das tut?«

»'Tschuldigung«, sagte ich. Ich lauschte, aber über mir herrschte Stille. Ich fing tatsächlich an, die Streitereien zu vermissen, das Gezeter und Gebrüll. Immer wenn sie loslegten, wurden wir beide ganz kleinlaut, fast ehrfürchtig. Die Marschkes waren über achtzig, verheiratet wohl seit fünfzig, sechzig Jahren, aber wenn die Fetzen flogen, merkte man davon nichts. Jung gebliebener Hass.

»Ich habe hunderttausend Telefonate geführt, auf hunderttausend Klingeln gedrückt, eine Million Klinken geputzt.

Hast du eigentlich die leiseste Ahnung, wie beschissen anstrengend der ganze Mist hier ist?«

»Natürlich«, sagte ich, »ich weiß das. Ich meine: Ich kann es mir vorstellen. Du brauchst Ruhe, einfach etwas Schlaf.«

»Zahlen, ich brauche Zahlen. Unterschriften, Zusagen, Garantien. Von Schlaf kann ich mir nichts kaufen.« Wieder hörte ich Glas, das gegen anderes Glas stieß, dann klackerten Eiswürfel, eine Flasche wurde zugeschraubt. Sie schluckte.

»Vielleicht trinkst du einfach ein bisschen zu viel.« Ich betrachtete die drei leeren Weinflaschen, die vor mir auf dem Couchtisch standen. Zwei volle Aschenbecher, Gläser. Mein Pullover, mein Hemd, mein T-Shirt. Ich musste aufpassen, nicht gegen den Tisch zu stoßen, solange ich telefonierte.

Sie nahm noch einen Schluck, gab sich keine Mühe, es vor mir zu verbergen. »Das Trinken trainiert die Nackenmuskeln«, sagte sie. »Hilft, den Kopf oben zu halten.«

Wir mussten beide lachen, es erleichterte mich. »Trink aus und geh ins Bett«, sagte ich. »Lass uns in Ruhe reden, wenn du zurück bist, okay?«

»Ich weiß nicht, was ich falsch mache.« Alle Wut war plötzlich aus ihrer Stimme verschwunden, ich hörte nur noch müde, dünne Traurigkeit. Ich hätte schwören können, dass sie den Kopf schüttelte, obwohl sie dabei kein Geräusch von sich gab. »Ich sage dieselben Sätze, genauso freundlich, genauso verbindlich wie früher. Dieselben Produkte, faire Preise. Hab ich die Pest oder was? Ist das auch so ein verficktes Virus, das ich mir eingefangen habe …?«

»Unsinn«, sagte ich. »Keine Pest, kein Virus. Du machst gar nichts falsch. Die Zeiten sind so. Und sie werden auch wieder besser. Irgendwann … gewinnst du wieder.«

Sie atmete aus, es klang auf einmal, als hätte sie Mühe, sich wach zu halten. Zugleich sprach sie deutlich, mit nüchterner Stimme. »Gewinnen. Darum geht's doch schon lange nicht mehr. Irgendwann suchst du nicht mehr nach einer dämlichen Schatztruhe, sondern versuchst damit klarzukommen, dass auf deiner verkackten Landkarte kein Schatz verzeichnet ist. Nirgendwo.«

»Das stimmt nicht«, sagte ich. »Überall liegen Schätze, du musst nur weitersuchen.« Ich hörte selbst, wie hohl meine Worte klangen. Falscher Trost konnte alles noch schlimmer machen, ich wusste das. Es wurde etwas heller draußen, ziemlich plötzlich, wahrscheinlich war ein Wind aufgekommen und riss ein kleines Loch in den Himmel. Ich schloss meine Augen, atmete ein; aber die Luft war nicht besser geworden, natürlich nicht.

»Und du? Weißt, wo dein Schatz liegt, oder? Dein blöder Schlampenschatz.«

»Bitte«, sagte ich. »Bitte nicht.«

»Ist sie bei dir?« Ein leichtes Zittern in ihrer Stimme, mochte es vom Trinken, von der Wut, vom Frust der letzten Tage kommen, ließ mich die Zähne aufeinanderbeißen; den ganzen Körper spannte ich an. »Sei ehrlich zu mir: Liegt diese Schlampe gerade in unserem Bett?«

»Was soll das«, sagte ich. »Natürlich nicht.« Ich spürte deutlich, wie ich mich von mir selbst entfernte, und ich wusste, dass jeder Schritt zurück doppelt so anstrengend sein würde wie einer von mir fort.

»Du kannst nicht ohne sie, oder? Gib es ruhig zu. Wahrscheinlich brauchst du sie – als die Frau, die du nicht brauchst. Sie ist so verfügbar wie verzichtbar, und das gibt dir ein Überlegenheitsgefühl, das du vor dir selbst als Souveränität und Sicherheit tarnen kannst. So sieht die Sache aus, oder?«

Fast war es lustig, wie sie auf einmal sprach. So ruhig, analytisch, superschlau, nachdem sie noch vor wenigen Minuten mit Schimpfwörtern um sich geworfen hatte.

»Bitte«, sagte ich noch einmal, ich hörte selbst, wie kläglich meine Stimme klang. »Können wir nicht normal miteinander reden?«

»Gestern Abend waren wir was essen. Nachdem sie zu allem nein gesagt haben, haben sie mich in dieses Restaurant eingeladen. Großzügig, was? Lass uns in Ruhe mit deinem Scheiß, ruf nicht wieder an, wir kaufen nichts. Nicht bei dir jedenfalls. Aber bevor du dich verpisst, darfst du dir noch ein Schnitzel aussuchen. Muss nicht mal der Kinderteller sein.« Sie stieß wieder ihr Unglückslachen aus. »Die andern hatten ihren Spaß, haben sich die Bäuche vollgehauen und einen Drink nach dem andern bestellt. Die Firma zahlt ja, und wenn man nach all der Zeit wieder ausgehen darf, haut man auf den Putz. Recht haben sie. Und als sie dann noch in diese Bar gegangen sind, war klar, dass die Nacht lange dauert. Dass sie für manche nicht an der Theke endet, sondern in irgendwelchen fremden Betten.« Sie machte eine Pause, und jetzt, da sie nichts sagte, hatte ich das Gefühl, dass ich gemeint war, dass ihr Schweigen mir galt, mehr als ihre Worte. »Alle vögeln«, sagte sie, »und alle sind deprimiert. Ein Freudenhaus, in dem die Trauer wohnt.«

Ich entspannte mich wieder, mehr aus Müdigkeit denn aus Erleichterung. Ich sank etwas tiefer in das Sofa und horchte noch einmal nach oben. Wir hatten beide Angst gehabt, dass die Marschkes, nach all der Zeit ohne Besuch, ohne zu Freunden gehen oder sich draußen frei bewegen zu können, einander an die Gurgel gehen würden. Häusliche Gewalt, das klang technisch und fern, und es klang nach jungen, vielleicht mittelalten Menschen in Unterhemden, mit Bierflaschen überall in ihrer Wohnung, mit den Ausdünstungen generationenalten Frustes. Aber nach Rentnern, die schon die goldene oder was auch immer für eine Edelhochzeit gefeiert hatten, klang es nicht. Und nach uns selbst klang es schon gar nicht. Ich streckte mein Bein aus, berührte ganz leicht den Tisch; die Weinflaschen darauf zitterten nicht mal.

»Es war komisch«, sagte sie, und wieder hörte ich, wie sie sich nachschenkte. Mein Mund war trocken, ich merkte erst jetzt, welchen Durst ich hatte. »Es war komisch, wieder unterwegs zu sein. Es war kein Neuanfang, es war eher …« Sie suchte nach den richtigen Worten, überbrückte die Pause, indem sie einen Schluck trank. »Es war, als würde alles neuen Regeln folgen, nur ich habe sie nicht kapiert. Als wäre alles, das vorher war, jetzt nutzlos, verstehst du?«

»Weißt du noch«, sagte ich, »vor vier Wochen oder so, als wir in den Park gegangen sind?«

»Du willst einfach deine Ruhe, stimmt's? Du willst, dass ich auflege und dich in Ruhe lasse. Du willst, dass ich pennen gehe, damit du pennen gehen kannst.«

»Unser Spaziergang«, beharrte ich, »neulich, als wir die Marschkes gesehen haben.«

»Die ganze Welt sieht anders aus. Nur wir machen weiter wie immer.«

Sie hatte alle Wut verfeuert. Ihre Stimme setzte mir zu. Ich wollte nicht mehr nur zurück ins Bett, ich wollte jetzt wirklich, dass es ihr besser ging. Vielleicht ist auch das Liebe: Wir retten uns gegenseitig aus der Lage, in die wir einander bringen. Nur wir selbst, immer wieder. »Du schaffst das«, sagte ich. »Wir schaffen das, Liebling.« Ich wusste selbst nicht genau, was *das* war, aber die Worte hatten nicht mehr die Leichtigkeit von leeren Hülsen. »Bitte«, sagte ich, »erinnere dich. Das Wetter war so gut, dass wir nicht drinnen bleiben konnten. Wir mussten einfach raus, an die Luft.« Es hatte sich angefühlt, als schauten wir nach, was übrig geblieben war von der Welt. Ob sie noch bewohnbar war. »Es war dieser schöne Spaziergang, weißt du das nicht mehr?«

Einige Leute waren unterwegs gewesen, aber nicht viele. Einzelne Jogger, Fahrradfahrer, eine Frau mit sechs Hunden, drei Leinen an jeder Hand. Ein Kind, ganz alleine mit einem Spielzeugauto, das war ein sonderbarer Anblick, so selbstvergessen und zart, so beunruhigend zugleich. Wir gingen in der Mitte des Weges, um Entgegenkommenden nach beiden Seiten gleich schnell ausweichen zu können. Am Teich blieben wir stehen, jeder für sich, schweigend, mit den Händen in den Taschen. Und dann sahen wir die Marschkes. Wir erkannten sie erst nicht, von hinten, wie sie da auf der Bank saßen und auf das Wasser schauten, so wie wir. Wir traten neben sie, in einigem Abstand, und sahen, dass sie es waren. Die alten Kämpfer aus dem ersten Stock, die zuletzt so still geworden waren. Es gab sie noch. Sie hielten einander bei den Händen, bemerkten uns gar nicht. Ihre Münder sahen wir nicht, doch ihre Augen genügten, um zu erkennen, dass sie lächelten. So ruhig und zufrieden; ohne jede Erwartung, doch auch frei von Resignation. Und dann passierte es – »Das musst du doch noch wissen, du musst dich erinnern!« –, passierte direkt vor unseren Blicken. Sie wandten einander die Gesichter zu, zogen beide mit der jeweils freien Hand den Mundschutz ein Stück nach unten und küssten sich. Über achtzig, beide, aber es war ein richtiger Kuss, sekundenlang. »Na komm«, sagte ich, hatte mich wieder ein Stück aufgerichtet, hielt den Oberkörper gerade: »Das weißt du doch noch.«

Sie seufzte bloß, aber ich konnte genau ihr Gesicht vor mir sehen. Ihre Lippen, nach innen gezogen, ihre halb offenen Augen und ihre Stirn, leicht in Falten gelegt; weiche, gerötete Haut.

»Hey«, sagte ich, »dafür sind wir doch zu zweit. Dass einer über den Schatten des andern springen kann. Okay?«

Wir waren nach Hause gegangen, hatten eine Flasche Weißwein geöffnet; nebeneinander auf dem Sofa gesessen, uns bei der Hand gehalten und geschwiegen. – »Okay?« – Wir tranken Wein, sahen aus dem Fenster, sahen in unser Wohnzimmer, einander in die Augen. Als die Flasche leer war, gingen wir ins Bett und schliefen miteinander. In dieser Nacht waren wir nicht nur zärtlich, sondern vorsichtig, ängstlich fast, als fürchteten wir, wir könnten uns aneinander verletzen. Aber wir verletzten uns nicht, im Gegenteil.

»Du fehlst mir«, sagte sie, ein paar Tränen in ihrer Stimme. »Und wenn du neben mir liegst und mir immer noch fehlst, das ist das Schlimmste.«

»Aber ich liege nicht neben dir«, sagte ich. »Deshalb … Du fehlst mir auch«, sagte ich.

»Wann liegst du wieder neben mir?«

»Übermorgen. Übermorgen Nacht liegen wir nebeneinander.« Wir waren immer leiser geworden, beide, und ich drückte das Telefon fest an mein Ohr. Ich hörte jetzt Schritte über mir, sachte und langsam. Wahrscheinlich standen sie immer so früh auf, jeden verdammten Morgen. Ich sah aus dem Fenster, der Tag hatte bislang nichts Verlockendes. Die alten Leute über uns, wir im Erdgeschoss – eigentlich hätte es andersherum sein sollen, dachte ich. Ich hatte mir schon manchmal vorgestellt, ihnen einen Tausch anzubieten: Wohnung gegen Wohnung, erst mal testweise für einen Monat. Ganz inoffiziell. Was hätte es gemacht aus uns, aus unserem Leben, im Bett der Marschkes zu liegen, in ihren Sesseln zu sitzen, an ihrem Herd zu kochen?

»Ich bin müde«, sagte sie. »Du hast recht, ich sollte schlafen. Wir sollten jetzt beide schlafen.«

»Ja«, sagte ich, »das sollten wir.« Ich lächelte, war mir sicher, dass sie das hören konnte. »Gute Nacht.«

»Gute Nacht«, sagte sie, dann legte ich auf.

Ich blieb einen Moment lang sitzen, schaute an den leeren Flaschen und Gläsern vorbei in das Zimmer. Unser Zimmer.

Über mir leise Schritte, ein Husten, ein paar Worte, die ich nicht verstand. Ich hievte mich aus dem Sofa hoch, spürte jetzt meine Kopfschmerzen wieder. Ich ging ans Fenster, öffnete es. Auch wenn es grau war draußen, ein lichtloser Morgen, tat die Luft doch gut, die hereinwehte, mild und sauber. Ich ließ das Fenster geöffnet und ging zurück ins Schlafzimmer. Ich bemühte mich, kein Geräusch zu machen, doch als ich ans Bett trat, sah ich, dass sie nicht mehr schlief. Sie schaute mich an, ihre Augen weit und wach. Sie setzte sich auf, die Decke rutschte herunter bis zur Hüfte. Sie drückte ihren Rücken durch, breitete die Arme aus: »Na komm«, sagte sie. »Komm ins Bett.«

Ich starrte sie an, Hitze breitete sich in meinem Körper aus. »Nein«, sagte ich, meine Stimme belegt. »Ich glaube, es ist besser, wenn du jetzt gehst.«

VIII.

Miriam war die Älteste im Büro, doch man sah es ihr nicht an. Sie fuhr immer mit dem Fahrrad zur Arbeit, morgens eine Stunde, abends eine Stunde, und stieg vom Rad ohne einen Schweißtropfen auf der Stirn. Ihre Sachen trug sie in einem Fahrradkorb ins Büro, auf ihrem Schreibtisch stand ein Foto ihres Hundes.

»Das Leben ist zu kurz, um glücklich sein zu wollen«, sagte sie manchmal, und dabei lachte sie.

Jeden Morgen um zehn rief sie zu Hause an, um ihren 30-jährigen Sohn zu wecken. »Schatzi«, sagte sie immer, »es ist allerhöchste Zeit.« Vor Kurzem hatte sie ihren Mann verloren, nach 32 Jahren Ehe. Seitdem lebte sie mit einer Frau zusammen, die zwanzig Jahre jünger war als sie. Einmal sagte sie zu David, sie habe fürchterliche Angst, dass ihre Freundin etwas mit ihrem Sohn anfange.

Es klang wie einer ihrer Witze, aber diesmal lachte sie nicht.

PLANEN

Wieder fing er an, sich zu verachten. Das Wochenende war verflogen wie ein einziger Moment, und nun ging alles von vorne los.

Er sah das Firmenschild von der Straßenecke aus und fragte sich erneut, wie er hier gelandet war. Schon früher war er häufig daran vorbeigegangen, mit Andrea noch, und sie hatten Witze darüber gemacht, dass niemand sich freiwillig dort bewerben könne. Wer würde aus freien Stücken sein Leben dem Bedrucken von Lkw-Planen und dem Verkaufen von bedruckten Lkw-Planen widmen? Dem Akquirieren von Kunden für Lkw-Planen-Werbeplatz. Irgendwas mit Menschen, das hörte er häufig, oder irgendwas mit Kindern. Mit Medien, mit Tieren, mit Lebensmitteln, mit Musik, mit allem Möglichen. Aber irgendwas mit Lkw-Planen?

Er war kurz vor dem Eingang, als eine junge Frau ihm entgegenkam. Sie hatte Kopfhörer in den Ohren, trug ein langes, leichtes Kleid und eine große Sonnenbrille in ihren Haaren. Sie lächelte ihn an. Er brachte es nicht fertig, vor ihren Augen das Haus zu betreten, direkt unter dem Firmenschild, und ging einmal um das Gebäude herum, bevor er eintrat. Unbemerkt.

Das Halbdunkel im Treppenhaus tat ihm wohl. Heute schon würde er Silke treffen, und er wusste noch immer nicht, ob er sich darauf freute oder davor fürchtete. Wusste sie, dass seine Mutter und ihr Vater das Treffen arrangiert hatten, dass man sich um sie kümmerte wie um Zehnjährige, die niemand zum Geburtstag einlud? Absichtlich langsam stieg er die Stufen hinauf, die letzten Sekunden in eingeschränkter Sichtbarkeit genießend. Gleich würde Frau Obermann ihm einen guten Morgen wünschen, ihn nach seinem Wochenende befragen und, nachdem er ihren Gruß erwidern und klarstellen würde, dass es nichts zu erzählen gab, würde sie ihm detailliert berichten, wie ihres verlaufen war. Vom Freitagabend bis zu diesem Montagmorgen würde sie ihn über alles ins Bild setzen, aus dem sie sich ihr Leben fabrizierte. Schon jetzt erschöpfte es ihn; jeden Montag betrat er das Büro mit einer übermächtigen Wochenendsehnsucht.

»Ach, der Herr Schnorr …«

Er nickte, lächelte, so gut es ging, und setzte sich an seinen Schreibtisch. Er musste sich immer ein bisschen zusammenreißen, um nicht einen Seufzer oder sonst ein Altmännergeräusch von sich zu geben, wenn er Platz nahm. Aufstand, sich bückte, in ein etwas zu enges Jackett schlüpfte. Frau Obermann lachte dann immer, machte eine Bemerkung darüber, dass sie zwanzig Jahre älter sei und sich noch immer nicht im Seufz- und Stöhnalter wähne.

Solange er seinen Computer hochfuhr und die Unordnung auf seinem Schreibtisch sorgfältig wiederherstellte, die er am Freitag hastig beseitigt hatte, schwiegen sie beide. »Wie war Ihr Wochenende?«, fragte er schließlich. Die ungewohnte Stille irritierte ihn.

»Ach«, sagte sie und seufzte. »Irgendwie ein bisschen … Wissen Sie, mein Mann, der ist in letzter Zeit so komisch.«

Er sah von seinen Zetteln auf. Wenn er eines nicht brauchte, dann Frau Obermanns Seelengerümpel. Sie sah tatsächlich blass aus, wirkte kleiner als sonst. »Was hat er denn, Ihr Mann?«

»Tja, was hat er. Das ist es eben, ich weiß nicht, was er hat. Aber er fängt plötzlich an, so seltsame Dinge zu tun. Kauft sich neue Hemden, manche sogar farbig, und geht alleine spazieren. Am Sonntag ist er ganz früh aufgestanden, und als ich später ins Wohnzimmer kam, hatte er schon gefrühstückt.«

Sie stand auf und stellte die Kaffeemaschine an. Normalerweise war der Kaffee längst fertig, wenn er ins Büro kam. Diesmal roch es nur nach Staub und Plastik, kein Fenster war geöffnet.

»Hat Ihre Mutter Sie erreicht, Herr Schnorr?«

Er zuckte zusammen. Er ließ seinen Stift fallen und schaute zu Frau Obermann, und als das Röcheln der Kaffeemaschine einsetzte, ertrug er das Geräusch kaum. »Wieso denn meine Mutter?«

»Na ja«, sagte sie, »sie klang ein bisschen aufgeregt, als wir –«

»Was, um Gottes willen, haben Sie mit meiner Mutter zu schaffen?« Die Neigung zu hohem Blutdruck hatte er von seinem Vater geerbt.

»Aber, aber, Herr Schnorr, jetzt seien Sie mal nicht gleich so gereizt. Ihre Mutter hat am Freitag hier angerufen, aber da waren Sie schon nicht mehr da. Sie hat gesagt, dann ruft sie Sie eben zu Hause an. Eine sehr nette Frau, Ihre Mutter, wirklich. Wir haben einfach ein bisschen geplaudert.«

»Sie haben was?«

»Na ja, von Frau zu Frau eben, das ist doch ganz normal. Sie macht sich eben Sorgen um Sie.«

Ihm wurde kühl, dann heiß, sein Gesicht schien ihm bleich und glühendrot im selben Moment zu sein. »Meine Mutter hat Ihnen erzählt, dass sie – sich um mich Sorgen macht?«

Frau Obermann ging zurück an ihren Schreibtisch und sah ihn an. »Was ist denn schon dabei, meine Güte? Ich bin auch eine Mutter, ich weiß, wie das ist. Und Sie sind ja nun auch ein bisschen, na ja …«

»Ein bisschen was?«

»Ach, Sie machen einen ja ganz schummerig mit Ihrer Wut. So kenne ich Sie gar nicht. Sie sind eben – niemand, um den man sich keine Sorgen macht. Also, als Mutter, meine ich jetzt.«

Er stand ruckartig auf und schlug mit der flachen Hand auf die Tischplatte. Aber da sie überall mit Papier bedeckt war, kam kein besonders lautes Geräusch zustande. Nur seine Hand schmerzte. »Scheiße«, sagte er.

Frau Obermann lachte laut auf. »Also wissen Sie, Herr Schnorr, manchmal könnte man wirklich Angst vor Ihnen kriegen, wenn man nicht wüsste, was für ein furchtbar lieber Kerl Sie sind.« Lachend wandte sie sich ihrer Arbeit zu.

Auch er setzte sich wieder, aber er starrte erst auf seine Hand und dann aus dem Fenster. Er brauchte eine Weile, um seinen Blick scharf zu stellen. Draußen ging der Mann mit der blauen Jacke vorbei, den er fast täglich sah. Er hatte wieder zwei große Stoffbeutel über den Schultern hängen und suchte den Boden ab. Schaute in den Hauseingängen und in den wenigen Vorgärten nach, die es hier gab, und fand tatsächlich immer wieder etwas, das er dann sorgfältig betrachtete und in seine Beutel steckte. Flaschen und Dosen interessierten ihn nicht, es waren andere Dinge, die er suchte. Einmal hatte er gesehen, wie der Mann die Blütenblätter einer Rose zusammensammelte, die auf dem Gehweg verstreut lagen. Er hatte auch den Stiel gefunden, in der Mitte durchgebrochen, und ihn eingesteckt wie einen Schatz.

»Ich hoffe, Sie waren nett zu Ihrer Mutter«, sagte Frau Obermann. »Wissen Sie, solange man keine Kinder hat, kann man sich das gar nicht vorstellen. Die ständige Sorge und alles.«

Er wandte sich vom Fenster ab und versuchte vergeblich, sich auf eine E-Mail zu konzentrieren. Falls seine Mutter mit Frau Obermann über Silke gesprochen hatte, wollte er vom Blitz getroffen werden und auf der Stelle tot sein.

»Vielleicht möchte ja Ihr Mann einfach mal jemand sein, für den Sie ihn nicht halten«, sagte er.

Es sah aus, als strenge es sie an, ihren Kopf zu heben. »Das verstehe ich nicht«, sagte sie. »Aber ich glaube ehrlich gesagt, Sie sind ein bisschen zynisch. Seit der Scheidung, vermute ich.«

Wieder erschrak er. Er hatte nie mit ihr über Andrea gesprochen, nie über sein Leben vor den Lkw-Planen. Sein Blutdruck stieg, er brauchte keinen Arzt, um das zu merken. Auch keine Arzttochter.

»Hat sich Ihr Mann schon einmal für Sie geschämt?«, fragte er.

»Also, Herr Schnorr, wie meinen Sie das denn jetzt?«

Er stand wieder von seinem Platz auf und ging ans Fenster. Noch immer war der Mann in der blauen Jacke unterwegs, er schien die Straße mehrmals auf und ab zu gehen. Sein Anblick beruhigte ihn, es ging etwas Friedliches von ihm aus. Er hatte einmal mit Frau Obermann über den Mann gesprochen, aber sie hatte ihn für krank gehalten. Eine Art Irren.

»Dem eigenen Schatten entkommt man nur, indem man sich ganz ins Dunkel zurückzieht«, sagte er, noch immer zum Fenster gewandt.

»Also irgendwie machen Sie mir wirklich Angst heute«, sagte Frau Obermann.

Er lachte. Manchmal stehe ganz plötzlich so ein Satz vor ihm, sagte er. Oder in ihm, um genau zu sein. Der stehe so in ihm herum, und dann wisse er nicht, woher er komme und wo er hinsolle mit ihm.

Der Mann mit der blauen Jacke hatte sich auf den Bürgersteig gesetzt und eine Zigarette angezündet. Er holte einen Handschuh aus einem seiner Beutel, von dem sämtliche Finger abgeschnitten waren.

»Vielleicht geht es Ihrem Mann ja einfach gut«, sagte er, »vielleicht ist er erleichtert. Manche Menschen geben einfach irgendwann das Bestreben auf, weniger seltsam zu sein als das Leben selbst.«

Frau Obermann lachte, es klang etwas künstlich. Der Mann hatte sich den Handschuh jetzt angezogen und einen Kopfhörer aufgesetzt, an dessen Seite eine große Antenne angebracht war. Er stützte seine Ellbogen auf das Fensterbrett und sah zu ihm hinunter. Sein Blutdruck senkte sich. Für einen Moment beglückte ihn die Vorstellung, dass tatsächlich jemand – anstelle von Bierdeckeln, Sperrmüll oder Pfandflaschen – Merkwürdigkeiten sammelte: kleine Artefakte des unverstandenen Lebens. Er nahm sich fest vor, an einem der nächsten Tage etwas an den Straßenrand zu legen, das dieser Mann mitnehmen könnte. Er wollte Teil seiner Sammlung sein, wollte beitragen zu seiner Kollektion. Er stellte sich vor, wie er am Fenster stand, genau wie jetzt, und hinunterschaute und den Sammler sich über *seinen* Gegenstand beugen sah, über seinen ... Seinen was? Was könnte er ihm geben?

»Frau Obermann«, sagte er, »wenn Sie mir einen Gegenstand Ihres Mannes geben müssten, den er nie wirklich gebraucht hat und der doch sein ganzes Leben beschreibt, was würden Sie mir geben?«

Wieder lachte sie. Sie schüttelte den Kopf und sagte: »Seinen Ersatzhausschuh. Er hat ein Paar Hausschuhe, das ich ihm mal zum Geburtstag geschenkt habe. Und als wir im Urlaub auf einem Flohmarkt genau solche Schuhe gefunden haben, hat er sich einen gekauft. Nur einen, verstehen Sie? Kein Paar!« Sie schaute ihn an und bekam ganz kleine Augen. Im Büro roch es jetzt nach Kaffee. »Die Schuhe sind ganz grade geschnitten, links und rechts identisch. Er meinte, es wäre wichtig, einen Ersatzschuh zu haben. Er hat ihn noch nie getragen.«

Er dachte an seinen Vater und die unendlich vielen Schuhe, die er sich im Alter gekauft hatte. Er war sein Leben lang ein sparsamer, fast verbissen vernünftiger Mensch gewesen. Als er mit den Schuhen anfing, hätten alle wissen müssen, dass es zu Ende ging. Seine Mutter hatte alles aufgehoben, und jedes Jahr zu Weihnachten schenkte sie ihm ein Paar der übrig gebliebenen, ungetragenen Schuhe seines Vaters. Vielleicht könnte er aus allen die Schnürsenkel entfernen und diese dann, zu einem unentwirrbaren Knäuel verknotet, dem Mann mit der blauen Jacke an die Straße legen.

»Treffen Sie sich eigentlich heute mit dieser jungen Frau?«, sagte Frau Obermann.

Er schloss bloß die Augen, biss die Zähne aufeinander. Sein Blutdruck hatte resigniert.

Am späten Freitagabend erst hatte seine Mutter ihn angerufen, eine ungewöhnliche Zeit. »Erinnerst du dich an Silke?«, hatte sie gefragt.

»Nein, Mama.«

»Ach, wahrscheinlich kennst du sie auch gar nicht. Aber sie ist wahnsinnig nett. Die Tochter von Dr. Kluge, du weißt schon, mein Internist. Sie hat auch solche Schwierigkeiten, also … Sie findet auch keinen Mann.«

Da hätte er auflegen sollen. Die Wohnung kündigen, das Telefon verschrotten, seinen Pass verbrennen. Unsichtbar werden.

»Sie kommt morgen früh nach Frankfurt, hat da irgendwas zu tun. Na ja, und da hab ich gesagt, es wäre doch toll, wenn ihr euch mal treffen könntet.«

Er hatte das Blut aus seinem Gesicht sinken gespürt. »Mama«, hatte er nur gesagt.

»Am Montag, da hat sie Zeit. Um halb fünf. Das *Da Romeo* ist schön, hab ich zu Herrn Kluge gesagt.«

Er wusste nicht, wie die Psychoanalyse es nannte, wenn man seine Mutter ermorden wollte. Vielleicht konnte er das ja Silke fragen, als Arzttochter.

»Ja«, sagte er jetzt. »Heute Abend. Am Nachmittag schon, ich werde früher gehen.«

Frau Obermann lächelte. »Na sehen Sie«, sagte sie. »Man muss doch nicht immer gleich aus der Haut fahren.«

Der Tag verging erstaunlich schnell. Die Wolken verschwanden, ab dem Mittag wurde es sehr warm. Er bearbeitete Anfragen von Speditionen, legte endlich sein neues Archivsystem an und musste ein paar Telefonate führen. Freundlichkeiten, Rechnungsnummern, Buchungsschlüsse; viel war es nicht. Ein paar Mal ging er zur Toilette, obwohl er gar nicht musste, so wie immer. Er zog die Spülung, drehte den Wasserhahn auf und sah in den kleinen, wasserfleckigen Spiegel. Er fragte sich, warum er sein Leben als schwere Arbeit empfand, obwohl er eigentlich kaum etwas tat. Die Aufgaben, die man ihm übertrug, erledigte er missmutig und mit gespieltem Pflichtbewusstsein. Ansonsten dachte er nach und sah sich um; er war ein lustloser Nichtstuer.

Schon wieder geriet er in den Strudel seiner Selbstvorwürfe, und seine Lage, Ankläger und Angeklagter in Personalunion zu sein, verstand er nicht. Dieses Nichtverstehen führte zu einer kleinen Schamlähmung, aus der er sich nur schwer befreien konnte. Er schaute in den Spiegel, wie ein gelangweiltes, schlecht gelauntes Kind aus dem Fenster schaut.

Schließlich war es halb fünf. Frau Obermann blieb oft bis nach sechs, er wusste eigentlich gar nicht, was sie so lange zu tun hatte.

»Wäre es nicht schön, verreisen zu können, ohne je anzukommen?«, sagte er zu ihr.

Sie sah ihn an und runzelte die Stirn. »Aber wohin denn reisen?«

»Tja«, machte er nur, dann stand er auf und nahm seine Jacke. »Ich bin weg«, sagte er, »bis morgen. Und grüßen Sie meine Mutter recht herzlich.«

Draußen begann er zu schwitzen und gleichzeitig ein wenig zu frieren. Er spürte, wie sich unter seinen Armen die Schweißflecke bildeten. Er dachte an aus der Luft fotografierte Ölteppiche und an Schatten auf Röntgenbildern. Er war lange nicht beim Arzt gewesen, besonders gesund lebte er nicht. Und auch die Nachrichten verfolgte er seit Jahren nur oberflächlich. Waren das Dinge, auf die eine Frau achtete?

Beim Überqueren der Straße glaubte er kurz, die Frau von heute Morgen wiederzusehen, aber es war jemand anderes. Sein Lächeln ging ins Leere. Im Gehen band er sich seine Krawatte um und putzte dann mit ihr seine Brille. Der Feierabendverkehr begann sich laut in den Straßen breitzumachen.

Etwa zehn Minuten zu früh war er beim *Da Romeo*. Er hatte noch nie dort gegessen. Ein Kellner trat auf die Straße, und er nahm sein Handy hervor und tat so, als telefoniere er. Er versuchte, ein monströses Unglück zu imaginieren, damit er im wahrscheinlichen Fall einer kleinen oder schlimmstenfalls mittleren Katastrophe würde erleichtert sein können. Doch er schaffte es nur, sich alberne Slapstickkatastrophen auszumalen. Er sah einen Kellner, der im schwarzen Frack einen Nachtisch flambierte, direkt an ihrem Tisch, und dabei Silkes Frisur in Brand steckte. Er sah eine abgeschnittene Fingerkuppe auf seinem Gemüse liegen und einen Obdachlosen, der draußen vor dem Restaurant mitten in ein zartes Gespräch zwischen Silke und ihm stolperte und ihnen in die geröteten Gesichter rülpste. Seine Achsel-Ölteppiche breiteten sich verheerend schnell aus.

Er überlegte, mit welchem Thema er das Gespräch beginnen sollte. Was wusste sie schon über ihn? Wäre es falsch, zunächst einmal über seine Mutter, vielleicht sogar über ihren Vater herzuziehen? Noch bevor er zu einem Ergebnis kam, bog eine Frau um die Ecke, die etwas jünger wirkte als er selbst. Ihr blaues Kleid reichte bis knapp über die Knie, ihr

Haar hatte sie hochgesteckt. Schmale Schuhe mit Absätzen, zaghafte Schritte auf ihn zu.

»Guten Abend«, sagte er, »mein Name ist Martin Schnorr.« Jetzt erst merkte er, dass er sich immer noch das Telefon ans Ohr hielt. »Meine Mutter ist bei Ihrem Vater in Behandlung.«

Sie lächelte. »Silke«, sagte sie. »Schön, dass wir uns mal treffen.«

Er wischte sich einen Schweißtropfen von der Stirn und deutete auf die Speisekarte, die draußen neben der Tür hing.

»Um Gottes willen«, sagte Silke. »Das ist aber ganz schön teuer.«

Er hatte gar nicht auf die Karte geschaut, sondern nur ihren Nacken angesehen. Die zarten blonden Haare, ihre Haut. Als er seine Hand anschaute, merkte er, wie blass er war. »Ist auch gar nicht meine Kragenweite«, sagte er. »Eigentlich.«

Er fühlte sich immer gut, wenn er jemandem sagen konnte, wie wenig er verdiente. So gut, dass er fast froh war, so wenig zu verdienen. »Aber Sie sind heute natürlich mein Gast«, sagte er. »Oder meine Gästin.«

Sie lachte ein bisschen. »Na, dann wollen wir mal reingehen und schauen, ob eine Tischin frei ist«, sagte sie.

Er öffnete ihr die Tür und ging hinter ihr her in das Restaurant. Es war fast leer. Dennoch bekamen sie einen Tisch in der Ecke zugewiesen, an dem sie einander schräg gegenübersaßen. Die Tischdecken waren strahlend weiß, eine einzelne weiße Blüte schwamm in einem Schälchen aus Glas. Ganz leise spielte Klaviermusik.

»Dann wollen wir mal«, sagte er.

Das erste Glas trank er schnell. Er spürte, wie seine Wangen rot wurden, aber innerlich fühlte er sich immer noch blass. Er bestellte neuen Wein und hatte Mühe, sich zu bremsen. Silke trank nur ab und zu einen winzigen Schluck. Eine Zeit lang sprachen sie wenig.

»Was genau machen Sie eigentlich?«, fragte sie. »Oder – du?«

Er lächelte. »Martin«, sagte er. »Prost, Silke.«

Sie stießen an. Nach wie vor waren kaum andere Tische besetzt, immer wieder kam ein Kellner zu ihnen und fragte, ob alles in Ordnung sei.

»Nun«, sagte Silke, »was machst du so? Mein Vater hat gesagt, du seist nicht mehr an der Uni, sondern schon seit Längerem in der freien Wirtschaft.«

Er verschluckte sich an seinem Wein. Er hustete, hielt sich seine Serviette vor den Mund; Tränen traten ihm in die Augen. »Entschuldigung«, sagte er. »Ja, ich arbeite seit ein paar Jahren in der Werbung. Autos, Güter, Handel. Alles Mögliche. Und du?«

Sie wollte Ärztin werden, aber sie hatte Mühe mit dem Studium. Sie sei ja auch schon ziemlich alt; so als Studentin jedenfalls. Manchmal wisse sie nicht recht, wohin das eigentlich alles führe. »Ich suche irgendwie immer, und alle helfen mir suchen. Aber bevor ich selbst weiß, was ich eigentlich suche, haben es die andern immer schon gefunden.«

Sie zuckte mit den Schultern und nippte wieder an ihrem Weinglas. Plötzlich sah sie traurig aus. Sie strich sich eine Haarsträhne aus der Stirn und sah auf ihren Teller. Er hätte gerne ihre Hände genommen.

Das Essen war gut, aber er wusste nicht, was es so teuer machte. Er musste kurz an Frau Obermann denken und fragte sich, ob jemals über sie gesagt worden war, sie arbeite in der freien Wirtschaft. Warum hatte er Silke nicht einfach von Lkw-Planen erzählt? Muss man jemanden lieben, um ihm all die jämmerlichen Lügen zu ersparen? Als er das Wort ›lieben‹ dachte, musste er grinsen; im Grunde wusste er, dass es lächerlich war.

»Was ist?«, fragte sie. »Worüber freust du dich?«

»Nichts«, sagte er schnell, »ich freue mich gar nicht.« Er machte seine Augen klein und seine Lippen hart, wie um das versehentliche Lächeln richtigzustellen. Aber als er sah, was seine Richtigstellung in ihrem Gesicht auslöste, fügte er an: »Dein Kleid ist sehr schön.«

Augenblicklich wurden ihre Wangen rot, das hatte er nicht erwartet. Die Verlegenheit drehte ihr den Kopf ein wenig zur Seite, und kurz dachte er tatsächlich, ihr Lächeln könnte ihr aus dem Gesicht in ihren Teller fallen.

»Ich wollte dich nicht beschämen«, sagte er, und was er meinte, war: Ich möchte mich selbst weniger schämen.

Eine Weile schwiegen sie beide, und unter der Last dieses Gesprächsabbruchs wurde jede Bewegung ein bisschen schwerer. Er achtete sehr genau darauf, wie er seine Gabel und das Messer benutzte, so genau, dass ihm die simple Verrichtung des Essens mit Besteck wie eine Aufgabe vorkam. Etwas, auf das man sich ungeheuer konzentrieren muss, um ja keinen Fehler zu begehen.

»Ist es nicht seltsam, dass wir uns so furchtbar viel schämen?«, sagte er schließlich. Als der Satz in der Welt stand, merkte er, dass es ein mutiger Satz war. Umso erstaunlicher fand er, dass er sich gar nicht hatte überwinden müssen, ihn zu sagen. Den aus dieser Erkenntnis gewonnenen Schwung wollte er ausnutzen. »Wahrscheinlich«, fuhr er fort, »kann sich niemand besser Mut machen als die Ängstlichen untereinander. Zwei ängstliche Menschen, glaube ich, können ihre Furcht miteinander bekannt machen, und dann stehen die beiden Ängste friedlich beieinander, und die beiden Menschen können sie ebenso friedlich anschauen.« Er nahm auch die Gabel in die rechte Hand und legte dann das Besteck auf den Tisch. Er zeigte ihr seine Handflächen, wie um zu beweisen, dass er unbewaffnet war.

Ihre Wangen wurden jetzt wieder rot, aber es war ein anderes Rot als eben. Sie lächelte, und ihre Augen lächelten mit. Er merkte, dass sie etwas sagen wollte, doch sie zuckte nur mit den Schultern und gab ein Glucksen von sich. Er traute sich nicht zu sagen, dass es das schönste Glucksen war, das er seit Langem, vielleicht überhaupt je gehört hatte. Stattdessen sagte er: »Ich habe wahnsinnige Lust auf einen Espresso.«

Als der Kaffee kam, bestellte er auch gleich noch zwei Grappa dazu. »Du willst mich wohl betrunken machen«, sagte sie.

Er bezahlte die Rechnung und war froh, seine Kreditkarte dabeizuhaben. Das Bargeld hätte nicht ausgereicht. Sie schob ihm ihr halb volles Grappaglas herüber, und er merkte erst draußen wirklich, wie viel er getrunken hatte.

»Wollen wir noch wo hingehen?«, sagte er. Die Luft war jetzt wunderbar mild, und seine Restschweißflecke interessierten ihn nicht mehr.

»Na ja«, sagte Silke, »ich muss morgen früh den Zug nehmen. Aber vielleicht noch ein Gläschen?«

Sie sagte, in welchem Hotel sie untergebracht war, und sie gingen ein Stück in dieser Richtung. Immer weiter entfernten sie sich vom Büro. Nur einmal glaubte er kurz, seine Mutter schaue ihn an, aber dann fantasierte er Frau Obermann herbei, und die beiden Damen zogen sich mit einem Stück Kuchen zurück. Er schloss die Tür hinter ihnen. »Hier vielleicht?«

Es war eine kleine Bar; gedämpftes Licht und ausschließlich Zweiertische. Er half ihr aus ihrer Jacke und bestellte zwei Gläser Rotwein.

»Was machst du eigentlich hier in Frankfurt?«, sagte er.

»Ich hab einen Bekannten meines Vaters getroffen. Auch ein Arzt. Ich glaube, er sollte mich irgendwie beraten. Es war furchtbar.«

Wieder bekam sie diesen traurigen Blick, und er war froh, als der Wein gebracht wurde. Sie stießen an, er nahm einen großen Schluck. Es kostete ihn jetzt Mühe, nicht seine Hand auf ihre zu legen. Er beugte sich ein Stückchen vor. »Ich werde dir nie einen guten Rat geben. Das verspreche ich dir.«

Sie lachte, obwohl er es ernst gemeint hatte, und plötzlich merkte er, dass sie in eine alberne Stimmung geriet. Ihre Mundwinkel zuckten, es schien, als habe sie Mühe, nicht andauernd weiterzulachen. Sie hatte ihr Glas schneller geleert als er seines.

Tatsächlich bestellte sie Wein nach. »Prost«, sagte sie, »auf alles, das wir nicht verstehen.« Sie lächelte. »Eine Freundin von mir hat mal gesagt: Immer, wenn ich ganz arg friere, muss ich lachen. Wahnsinn, oder?«

Auch er lachte. »Das ist schön«, sagte er. »Mich hat mal ein Mann auf der Straße angesprochen und gesagt: Gibt es bei Ihnen einen Weg, der vom Mond wegführt?«

Sie lachte jetzt so laut, dass der Barkeeper zu ihnen herübersah. »Man macht sich Sorgen um uns«, sagte sie, stützte die Ellbogen auf den Tisch und legte ihr Gesicht in ihre Hände.

»Ja«, sagte er. »Man hat Angst, wir seien verrückt.«

»Am meisten Angst vor dem Verrücktwerden haben immer die Verrückten«, sagte sie. »Die Angst ist schon Teil der Verrücktheit.«

Als er nach seinem Glas griff, versuchte er, wie versehentlich ihren Unterarm zu berühren. Es misslang. »Meine eigenen Gedanken verunglimpfen mich manchmal«, sagte er. »Ich müsste mir die Hände von innen vors Gesicht halten.«

Sie lächelte, dann schürzte sie die Lippen, so als denke sie angestrengt nach, und riss schließlich die Augen weit auf. »Zwischen den Stunden«, sagte sie leise, »wächst jede Menge Gras, das nachts ein bisschen brennt.«

Nachdem sie noch ein drittes Glas getrunken hatten, gingen sie. »Ich bring dich zum Hotel«, sagte er. Es war nicht mehr weit. Einen Augenblick lang standen sie unschlüssig vor dem Eingang und lächelten beide. Sein Blutdruck war wieder gestiegen, aber er genoss das Gefühl. »Silke«, sagte er und ging noch einen Schritt auf sie zu. Hinter ihnen fuhr scheppernd eine Straßenbahn vorbei.

»Also dann«, sagte Silke und beugte sich ein Stückchen vor.

Er glaubte, von hinten gestoßen und auf sie zugeworfen zu werden. Der Lärm der Straßenbahn trieb ihn an, zugleich meinte er zu spüren, wie sie einatmete und ihn an sich zog.

»Nein!«, schrie sie, direkt in sein Ohr. Sie drehte ihr Gesicht zur Seite und presste ihre Lippen aufeinander. »Bitte nicht!«

Er ließ sie los, hatte Mühe, sich auf den Beinen zu halten. Sein Gesicht war glühend heiß, mit einem Mal war ihm der Kragen zu eng. Er glaubte, selbst seinen schlechten Atem zu riechen. »Entschuldigung«, sagte er.

»Tschüss«, sagte sie leise und verschwand in dem Hotel. Die Türen schlossen sich hinter ihr. Wieder fuhr eine Straßenbahn vorbei, diesmal in der anderen Richtung.

Obwohl der Weg recht weit war, ging er zu Fuß nach Hause. In der Küche trank er ein Glas Wasser, ohne Licht zu machen. Erst als er sich auszog, bemerkte er den riesigen Rotweinfleck auf seiner Krawatte.

Am nächsten Morgen kam er etwas zu spät ins Büro. Frau Obermann war trotzdem noch nicht da. Hatte sie etwas zu ihm gesagt gestern – ein Termin außer Haus, ein Arztbesuch? Er suchte nach einem Zettel, fand aber nichts. Auch eine E-Mail hatte sie ihm nicht geschrieben. Eine ganze Weile brauchte er, bis er merkte, wie lächerlich es war, hier herumzustehen und sich Sorgen zu machen. Um Frau Obermann.

Er kochte Kaffee, machte ein Fenster auf und begann die Post zu sortieren. Als er sein Jackett auszog, bemerkte er, dass er seine schmutzige Krawatte in die Tasche gesteckt hatte.

Gegen zehn erst kam Frau Obermann. Sie ging langsam, lächelte scheu und ließ sich mit Jacke auf ihren Stuhl sinken. Nach einer Weile erst stand sie auf, zog die Jacke aus und sagte ihm einen guten Morgen.

»Alles okay?«, fragte er. Plötzlich bohrte sich der Gedanke in sein Hirn, sie könnte den Morgen mit Silke verbracht haben. Er rieb sich die Augen, wischte diesen Unsinn weg.

»Ach, Herr Schnorr«, sagte sie, »das Ganze ist mir so peinlich.«

»Aber das macht doch nichts«, sagte er. »Muss doch niemand erfahren.« Er verstand nicht ganz, warum sie sich so schämte, bloß weil sie einmal etwas zu spät gekommen war, aber im Grunde war es ihm recht. Wenn es sie davon abhielt, ihn nach dem Abend mit Silke zu fragen, würde er sie den ganzen Tag lang in watteweiche Nachsicht hüllen.

Sie arbeiteten stundenlang still nebeneinanderher. Immer wieder seufzte Frau Obermann, und er schaute kurz zu ihr hinüber. Sie lächelte dann und zuckte mit den Achseln. Ihr Gesicht war weißer als sonst.

Als es Mittag war und beide aufstanden, um in die Pause zu gehen, stellte sie sich in die Tür. »Herr Schnorr«, sagte sie, »nur einen Augenblick. Bitte.«

Er runzelte die Stirn.

»Vielleicht setzen wir uns noch mal kurz«, sagte sie. »Mein Mann, wissen Sie, ich hab Ihnen ja erzählt … Also gestern Abend, da. Wir streiten uns sonst nie – ach, es ist so furchtbar.« Sie drehte sich weg, hielt sich einen Moment lang die Hände vors Gesicht und sprach dann weiter. »Ich weiß nicht, wie ich's sagen soll, aber – ich hab ihn gestern Abend gefragt, ob er eine andere hat, und da ist er ganz verrückt geworden.

Und dann hab ich ihn angeschrien, bin schließlich wieder ganz ruhig geworden und hab ihm gesagt, mein Kollege, der – der wolle was von mir.«

Sein Blut sank vom Kopf nach unten, blieb im leeren Magen hängen, und aus seinem leeren Schädel platzte ein Lachen. »Sie haben was?«

Einen Moment lang glaubte er, sie würde zu weinen beginnen, aber sie fing sich wieder. »Ich weiß«, sagte sie, »es ist schrecklich. Das ist mir alles so peinlich.« Sie berührte ihn am Arm, und er ließ es geschehen.

»Wissen Sie was«, sagte er. »Vergessen Sie's.« Mit aller Restkraft stemmte er sich aus seinem Stuhl hoch, nahm sein Jackett und ging an ihr vorbei nach draußen.

Im Gehen zog er sich die Jacke über, und da bemerkte er erneut die Krawatte. Kurz überlegte er, wo in der Nähe eine Reinigung sei, aber dann ging er ein Stück die Straße hinunter, den Weg entlang, den der Mann in der blauen Jacke immer nahm, und an der Stelle, an der er gestern gesessen und geraucht und sich den fingerlosen Handschuh angezogen hatte, blieb er stehen. Er sah sich um, warf einen kurzen Blick zu seinem eigenen Bürofenster hinauf und bückte sich. Er machte einen Knoten in die Krawatte und legte sie an den Rand des Bürgersteigs. Dann ging er etwas essen, saß noch lange mit einem Cappuccino in der Sonne. Ein paar Tauben gingen auf und ab und pickten Krümel auf. Sie sahen lächerlich aus, während sie gingen, bewegten ständig den Kopf vor und zurück, dass einem schon vom Zusehen schwindelig wurde. Je länger er die Tauben betrachtete, desto besser glaubte er sie zu verstehen. Vielleicht wussten sie, dass niemand sie wirklich mochte, und obwohl man sie darum beneidete, dass sie fliegen konnten, hatten sie eine Bewegung erfinden müssen, die ihr mühsames, sinnloses Leben veranschaulichte. Deswegen konnten sie keinen Schritt mehr tun, ohne ihre leeren, hässlichen Gesichter hin und her wippen zu lassen. Er schaute auf die Uhr. Mit der Straßenbahn waren es von dort nur zehn Minuten bis zum Bahnhof; Silke war jetzt wahrscheinlich längst wieder zu Hause. Obwohl er wusste, dass es lächerlich war, begann er die Tauben zu beneiden. Mit jeder Bewegung, so schien es ihm, brachten sie sich selbst zum Ausdruck.

»Sie waren lange fort, nicht wahr?«, sagte Frau Obermann. Aber es war keinerlei Vorwurf in ihrer Stimme, eher Erleichterung und ein Rest von Verlegenheit. Er lächelte, nahm sich noch einen Kaffee und arbeitete weiter. Es strengte ihn an, er bekam nicht viel erledigt. Dass eine stillschweigende Übereinkunft darüber zu herrschen schien, sich einander nicht mehr nach dem vergangenen Abend zu fragen, erleichterte ihn. Wieder arbeiteten sie schweigend. Ihre Telefone klingelten nur selten.

»Kennen Sie das«, fragte Frau Obermann nach einer Weile in das Büro hinein, »wenn Ihnen die Arme einfach vom Herunterhängen wehtun?«

Er schaute zu ihr, wie man in ein plötzlich angegangenes Licht schaut. »Ja!«, rief er vor lauter Dankbarkeit, obwohl das gar nicht stimmte. Er hätte sie küssen mögen für diesen Satz. Obgleich er das Gefühl der vom reglosen Herunterhängen schmerzenden Arme tatsächlich nicht kannte, fand er doch, dass Frau Obermann damit einen nahezu perfekten Ausdruck für sein Dasein gefunden hatte. Am liebsten wäre er sofort zum Arzt gegangen und hätte sich ein Attest schreiben lassen, das ihm Tatenlosigkeitsschmerzen in beiden Armen bescheinigte. Ein bezeichenbares Leiden, eine so tragische wie lächerliche Krankheit, ein außergewöhnlicher Schmerz, der die Gewöhnlichkeit seines Lebens zur Ursache hatte, sichtbar und spürbar machte und ihn doch zugleich auszeichnete. Hervorhob aus dem Taubengrau seines eigenen Lebens.

»Und wie ich das kenne!«, bekräftigte er. Er stand auf und schob dabei seinen Bürostuhl so heftig nach hinten, dass er mit Schwung gegen das Regal knallte. Frau Obermann erschrak. »Ach was«, sagte sie, »in ihrem Alter schon. Mir geht es heute so, zum allerersten Mal.« Sie legte ihren Kopf in den Nacken und drehte die Schultern, als versuche sie sich zu lockern.

Er wandte sich ab und schaute aus dem Fenster. Seine Krawatte war verschwunden, er hätte sie jetzt gerne eine Weile angesehen. »Ich muss weg«, sagte er kurzentschlossen. »Bis Morgen, Frau Kollegin.«

Sie seufzte und lächelte ihm hinterher, als er nach draußen ging, ohne seinen Schreibtisch aufzuräumen. Noch immer war es warm, er hängte sich das Jackett über die Schultern und rollte die Ärmel seines Hemdes auf. Ein gutes Stück ging er zu Fuß, dann fuhr er noch zwei Stationen weit mit der Straßenbahn. Es kam ihm vor, als führe sie leiser als gestern.

Im Bahnhof herrschte reger Betrieb, manchmal verblüffte es ihn, dass es so viele fremde Menschen gab. Er ging durch die riesige Bahnhofshalle, betrachtete die Leute und die Tauben und sog die durcheinanderwehenden Düfte ein. Ruß, Bratwurst, Kaffee und Schweiß, Parfüm und Hamburger. Schließlich setzte er sich auf einen Bahnsteig und bewegte sich nicht mehr. Er hatte nicht geschaut, wohin der Zug fuhr, der hier als Nächstes kam. Seine Arme taten ihm weh. Er wollte einen Wartenden spielen und schauen, wie lange er es aushielt.

IX.

Das erste Mal hatte er Jana im Winter gesehen, auf dem Campus, neben dem Geldautomaten; es war im Januar, der ganze Tag wie festgefroren in klarer, eisblauer Kälte. Sie war so dick angezogen wie alle: ein langer Mantel, gefütterte Stiefel, eine riesige Pelzmütze, die ihm wie ein halbironisches Statement erschien, und ein grober bunter Wollschal, aus dem nur ihre Augen, ihre Nase und ihr Mund herausschauten. Und ihre Wangen, leuchtendrot vor Kälte.

Er blieb stehen, sie bemerkte ihn nicht. Selbstvergessen stand sie da und leckte genüsslich an einem Eis.

FAMILIENGESCHICHTE

Mein Vater war besessen von dem Gedanken, jung zu sterben. Er war vierzehn, als er zu arbeiten begann, und siebzehn, als ich geboren wurde. »Fünfzig«, sagte er, »mehr schaff ich nicht.«

An diesem Abend ging es beim Essen los. Ich hatte es die ganze Zeit über vermieden, von Mutter zu sprechen, und ich hätte es durchgehalten, wenn er nicht wieder sein Lied angestimmt hätte.

»Guido, ich hab seit Wochen diese Schmerzen.« Er rieb sich den Magen, schob seine Tasse von sich weg und verzog das Gesicht. »Hier«, sagte er, »wenn du meinen Kaffee noch willst?«

Er hatte mir die Tür in seinem braunen Hausanzug geöffnet, einem Geschenk von Mutter. Der Anzug war fast so alt wie ich, und durch das linke Hosenbein konnte ich sein Knie sehen. Weiße Haut mit kleinen roten Pickeln. Ich hatte meine Schuhe ausziehen wollen, aber der Boden war zu schmutzig. Den Tisch hatte er abgewischt und gedeckt, immerhin, aber vor der Küche fürchtete ich mich.

»Lässt du dir wieder einen Bart stehen?«, fragte ich.

»Weiß nicht«, sagte er und strich sich durch das unrasierte Gesicht. »Mal sehen.«

Ich dachte an mein Büro und den kleinen Kellerraum zu Hause. Auf der Arbeit machte man Witze über die Lawinen aus Papier, unter denen ich begraben war; es sei sicherer, wenn wir uns einen Bernhardiner hielten. Und Vanessa sagte manchmal, dass sie unseren Keller bald nicht mehr betreten könne. »Wenn ich mal die Schnauze von dir voll hab, endest du wie dein Vater«, hatte sie gesagt. In letzter Zeit war sie reizbar.

Vater strich sich noch einmal durch das Gesicht, dann wischte er mit der Hand über den Tisch. Seine Serviette fiel herunter, er wirkte überrascht. Er sah auf den Boden und zuckte mit den Schultern.

Ich seufzte, stand auf und bückte mich. »Hier«, sagte ich, die Serviette zerknüllend. Eine Weile schwiegen wir aneinander vorbei.

»Wenn Mutter dich so sehen könnte«, sagte ich schließlich.

Vater sah mich an, sein Gesicht jetzt wieder schmerzverzerrt. »Sie hat mich oft genug so gesehen«, sagte er. »Glaubst du, vor zehn Jahren ging es mir viel besser?«

Ich zog seine Tasse zu mir, trank aber nicht daraus. »Ich habe gestern mit ihr gesprochen«, sagte ich. »Ich habe sie besucht.« In Wahrheit hatte ich ihre Stimme seit drei Wochen nicht gehört, und bei ihr gewesen war ich noch viel länger nicht. »Es geht ihr gut«, sagte ich. »Sie macht endlich diesen Tanzkurs. Geht ins Kino, trifft sich mit Freunden. Papa, *sie* hat Freunde.«

»Ja«, sagte er, »ich weiß. Es geht ihr prächtig ohne mich. Eine Sorge weniger.«

Ich rollte mit den Augen, aber mir fiel kein passendes Geräusch dazu ein. Ich schaute an Vater vorbei, sah jetzt erst den hellen Fleck an der Wand. »Wo ist das Bild?«, sagte ich. Das weiße Rechteck zeichnete sich klar auf der Wand ab, in den beiden Löchern steckten noch die Nägel.

»Mein Magen«, sagte Vater nur, dann stand er auf und begann, den Tisch abzuräumen.

In der Küche sah es noch schlimmer aus, als ich befürchtet hatte. Einen Moment machte mir die Vorstellung Angst, dass Vanessa uns sehen könnte, dann stellte ich mich neben das Fenster, schob schmutzige Teller, vertrocknete Teebeutel und zwei Weinflaschen beiseite. Ich versuchte es noch einmal. »Mutter lebt auch allein«, sagte ich, »und sie kommt klar. Das Geschäft läuft gut, sie gibt sich Mühe. Sie ist es sich wert, sie – ruf sie doch einfach mal an.« Meine Worte klangen hohl, ich merkte, wie meine Stimme an Kraft verlor.

Vater stellte das Geschirr lauter als nötig in die Spüle und stützte sich auf der Arbeitsplatte ab. Er beugte sich vor, als strenge schon das Stehen ihn an. »Deine Mutter würde nichts anderes sagen als damals«, sagte er. »Lebewohl, das hat sie gesagt.«

»Ich weiß!« Meine Stimme machte auf einmal, was sie wollte. »Du bist sitzengelassen worden, du hast niemanden, der dir hilft, und du bist todkrank. Alles tut dir weh, seit Langem schon. Du … Verdammte Scheiße, was ist, wenn dein Enkel dich so reden hört?«

»Mein Enkel?« Er nahm die Hand von der Platte, ich hatte Mühe, seinem Blick nicht auszuweichen. Er stand gerader da als eben, zum ersten Mal an diesem Abend war Spannung in seinem Körper.

»Ja«, sagte ich, so gelassen wie möglich. »Vanessa ist … Wir kriegen ein Kind.«

Vaters Augen wurden heller, er ging einen Schritt auf mich zu. Ich hatte Angst, rot zu werden, aber es gab jetzt kein Zurück mehr. Ich dachte an Angela, die Putzfrau in der Agentur. Sie stammte aus Kroatien; immer wenn sie kurz ins Büro kam, um den Mülleimer auszuleeren und, so gut es eben ging, mit ihrem Staubtuch über den Tisch zu wischen, fing sie an zu sprechen. Oft hatte ich Mühe, sie zu verstehen, und ich schämte mich dafür, dass sie kaum an den Dreck auf meinem Tisch herankam. Eine Bekannte, hatte sie kürzlich erzählt, sei 28 und ihr Sohn acht. »Und du?« Ich hatte erst nicht verstanden, was sie meinte. »Und du, wie alt?« »31«, hatte ich gesagt. »Deutsche keine Kinder. Ich auch nicht. Nur arbeite, arbeite, aber wofür? Manchmal ich denke, wofür?«

»Guido«, sagte Vater, und es klang ganz anders als vorhin; als hätte ich zwei Namen, bei denen er mich rief. Er streckte eine Hand nach mir aus, ließ sie aber wieder sinken, als ich weitersprach.

»Die 13. Woche«, sagte ich, »wir – Vanessa hat keinerlei Beschwerden.« Tatsächlich wollte sie schon seit Jahren ein Kind; ich war es, der Angst hatte. Vanessa war fünf Jahre älter als ich, derselbe Abstand wie bei meinen Eltern. Ich schob es immer wieder auf, vertröstete Vanessa, auf unbestimmte Zeit und mit Argumenten, die sogar für mich selbst schal klangen. In der Agentur lief es nicht besonders, ich hatte das Gefühl, auf irgendetwas warten zu müssen, ohne zu wissen, was es war. Wenn ich nach vorne schaute, sah ich nicht viel.

»Guido«, sagte Vater noch einmal, »herzlichen Glückwunsch! Weißt du, wie sehr ich mich freue?« Und dann legte er richtig los. Es war, als ob ihm eine Maske aus dem Gesicht gefallen wäre. Er erzählte, wie Mutter ihm damals eröffnet hatte, dass sie schwanger sei, und wie glücklich sie beide gewesen seien. Er sprach davon, wie die ersten Monate verlaufen waren, als ich auf der Welt war und alles in seinem, in ihrem Leben sich änderte. Er erzählte ohne Anfang und ohne Ende.

»Vielleicht wird es ja ein Junge«, sagte ich, »dann kannst du … Wir kommen dich besuchen.«

Wir standen nun dicht beieinander und sprachen mehr als in den zwei vorherigen Stunden zusammen. Schließlich schaute ich Vater an. Er machte keine Pause. Im Jahr zuvor an Weihnachten hatte ich erschrocken festgestellt, dass er viel älter aussah, als er war. Älter, als er glaubte, werden zu können. Er hatte mir Wein nachgeschenkt, und ich hatte kurz den Impuls verspürt, ihm dabei zu helfen. Nun aber merkte ich nichts mehr davon; im Gegenteil, sein Blick wirkte wacher, seine Haut frischer und straffer. Der Bart stand ihm. Er war jetzt 48, und nach seiner Rechnung blieben ihm noch ganze zwei Jahre. Sein Enkel würde dann schon laufen können, vielleicht die ersten Worte sprechen. Mama, Papa. Opa.

Ohne dass er zu reden aufhörte, holte Vater eine Flasche Sekt aus dem Kühlschrank, und wir gingen zurück ins Wohnzimmer. Wie gut ich auf Vanessa aufpassen müsse, sagte er, und es kam mir nun selbst nicht mehr vor, als lüge ich: »Wir alle freuen uns.« Ich sah Vanessas Bauch vor mir, auf den ich meine Hand legte, warme Haut, unter der sich Leben regte.

Vater schenkte ein, und wir hatten beide schnell zwei Gläser getrunken, auf das Baby angestoßen, das noch nicht einmal gezeugt war. Dann nahm er die Kaffeetasse, die noch immer auf dem Tisch stand, und leerte sie in einem Zug. Obwohl der Kaffee eiskalt sein musste, schloss Vater die Augen, als sei er ein ungeheurer Genuss.

Schließlich schwieg auch er. Wir waren erschöpft und setzten uns an den Tisch wie vorhin. Jetzt aber lächelten wir und lehnten unsere Blicke aneinander. Wir dachten beide nicht an Schmutz oder Krankheiten oder einen schmerzenden Magen. Vater sprach nicht mehr davon, mit fünfzig zu sterben; wir verschwendeten an diesem Abend kein Wort mehr an seine Prophezeiung. Wir fürchteten uns nicht. Und wir hatten beide keine Ahnung, dass er recht behalten würde.

X.

Regelmäßig träumte er von seinen Großeltern. Ob sie einander gegenübersaßen, still an einem großen Tisch, oder gemeinsam einen Ausflug machten, auf einem Deich spazieren gingen, in einem Restaurant etwas aßen, deren einzige Gäste sie waren: Er wusste immer, dass sie tot waren, und sie wussten es auch. Aber aussprechen durfte es niemand, das war die eine eiserne Regel. Eher schwiegen sie alle, stundenlang, träumelang, und blickten lächelnd aneinander vorbei. Sobald jemand sagte, dass sie tot seien, verschwanden sie und kamen nie mehr wieder.

Manchmal musste er auf Beerdigungen daran denken, neulich erst, als Lippold begraben wurde. Eine große Trauergemeinde, hundert Leute fast, aus irgendeinem Grund hatte er Lippold das nicht zugetraut und sich ein bisschen dafür geschämt, als er in der Schlange stand, um der Witwe die Hand zu schütteln. Nach der Zeremonie hatten sie schweigend vor der Kapelle darauf gewartet, dass es weiterging. Ein Leichenschmaus, irgendwo im nächsten Ort, und bevor sie dort nicht waren, konnte niemand sprechen. Schon gar nicht über das Eine. Sie standen beisammen, in kleineren und größeren Gruppen, und blickten zu Boden, die Lippen aller verschlossen, als wäre der Tod ein Geheimnis. Jeder kennt es, und jeder behält es für sich.

»Was hast du«, sagt sie, »du siehst anders aus. Ganz blass.«

»Nichts«, sagt er und stellt seine Tasche ab. »Alles okay.« Er hebt seine Mundwinkel, gibt ihr einen Kuss und geht ins Bad. Er ist versucht abzuschließen, aber sie würde das Geräusch hören und sich wundern. Sie würde ihm Fragen stellen.

Tatsächlich ist er blass. Er zieht seinen Pullover aus und reibt sein Gesicht an der groben Wolle. Er wäscht sich mit kaltem Wasser, steht minutenlang vor dem Spiegel und betrachtet sich. Kurz denkt er, dass er gerne woanders wäre, aber ihm fällt kein Ort auf der Welt ein außer dem Zimmer, in dem er steht. Draußen rast ein Auto mit heulender Sirene vorbei. Schon Sekunden nachdem es verschwunden ist, ist er unsicher, ob er es wirklich gehört hat.

»Erik?«

Er reagiert nicht.

»Erik!«

Ihre Stimme ist so nah, dass er sich fragt, ob sie durch das Schlüsselloch geschaut hat. Er betrachtet seine Hände, seine nackten Arme. Unversehrte Haut.

»Ich komme«, ruft er. »Ich bin da.« So leise wie möglich zieht er den Schlüssel ab und steckt ihn in seine Hosentasche. Mal sehen, wann sie es bemerkt, denkt er.

Beim Essen erzählt er ein paar Geschichten aus dem Büro. Eigentlich sind es keine Geschichten, viel ist nicht passiert, aber er macht welche daraus. Steigert Weigels Kreislaufprobleme zu einer Ohnmacht, den Schreck Marinas über die Wespe in ihrem Büro zu einer hysterischen Attacke. Die Verletzung des Leiharbeiters im Lager ist vollständig erfunden, sie fällt ihm ein, während er spricht. Er beschreibt, wie die Hand in die Packmaschine geriet, greift nach einer Tomate und sieht genau hin, als die Haut unter dem fast stumpfen Messer auseinanderplatzt.

»Scheiße«, sagt Johanna, »was habt ihr gemacht?«

»Erste Hilfe«, sagt er. »Es gibt einen Verbandskasten, und Mayer kennt sich ziemlich aus. Mullbinden, Pflaster, Blut stillen.« Er spießt ein Stück Kartoffel auf die Gabel, nimmt es aber nicht in den Mund. »Man hätte meinen können, er hat gestern erst den Kurs belegt.«

Johanna macht ein besorgtes Gesicht, dann sieht es aus, als stelle sie ihren Blick scharf. »Irgendwas ist anders«, sagt sie. »Du siehst nicht aus wie heute Morgen.«

»Das war ein Riesenschreck«, sagt er, »hast du schon mal –«

»Das meine ich nicht.« Sie fällt ihm ins Wort. »Hast du dich umgezogen?«

Er legt die Gabel auf den Teller und fährt sich mit der Hand durchs Haar. Der Gedanke an sein Hemd erfüllt ihn mit Panik und berauscht ihn zugleich. Einen Moment später ist er wieder bei sich. »Wieso sollte ich«, sagt er kauend. Je weniger er weiß, warum er lügt, desto leichter fällt es ihm. Er hält ihrem Blick stand, kriegt sogar ein Lächeln hin und sieht erst jetzt, dass sie Ohrringe trägt, die er nicht kennt.

»Wo ist dein Hemd«, fragt sie. »Was hast du mit deinem Hemd gemacht?«

Er hörte den Schrei, als er aus dem Tabakladen kam, und es überraschte ihn später selbst, dass er sofort losrannte. Der Bahnhof war voller Menschen, irgendjemand würde helfen können, was immer passiert war. Besser als er. Doch er schob die anderen beiseite, wich einem Kinderwagen aus und schlug einen Haken um einen Hund, einen Boxer, kurzes, braunes Fell, platte Schnauze und stumpf-schwarze

Augen. Er hörte ihn bellen, als er einen Moment später bei dem Mann war und sofort neben ihm in die Knie ging. Der Mann lag auf dem Boden und wimmerte, sein linker Arm war voller Blut. Das Blut floss noch immer, sein Pullover war zerrissen, und es sah aus, als wäre kein Flecken unverletzter Haut geblieben.

»Ein Messer«, sagte eine Frau, »das Schwein hatte ein Messer.«

Er ließ seine Tasche von der Schulter gleiten und wischte sich über die Stirn. Der Mann bewegte seine Beine, zog sie an und streckte sie wieder, und sein rechter Arm wischte über den Boden.

»Ich bin bei Ihnen«, sagte er. Er sprach leise und schnell, er merkte, dass es ihn selbst beruhigte, auf den Mann einzureden. »Gleich kommt Hilfe«, sagte er, »bleiben Sie ruhig, es kommt alles in Ordnung.«

Er schaute auf und sah zwei Männer mit ihren Handys an den Ohren. Sie blickten einander an und zuckten mit den Schultern. Einer von beiden steckte sein Telefon wieder ein und lächelte. Erik wusste sofort, dass er dieses Lächeln nicht vergessen würde. Der andere Mann drehte sich weg und sprach in sein Telefon, den Oberkörper leicht nach vorne gebeugt und seine linke Hand auf das freie Ohr drückend.

»Sie bluten«, sagte Erik. Der Satz klang lächerlich. Er stemmte sich gegen sein Schamgefühl und nahm die rechte Hand des Verletzten. Einen Moment lang konnte er nicht sagen, ob sie warm war oder kalt. Er drückte die Hand, strich sogar kurz darüber und beugte sich etwas tiefer über das Gesicht des Mannes. Seine Augen waren halb geschlossen, für Momente sah er nur das Weiße darin, das in Wahrheit einen Stich ins Gelbliche hatte und von roten Äderchen durchzogen war. Heute erst hatte er Lukmann aus solcher Nähe in die Augen geblickt. Der hatte plötzlich hinter ihm gestanden, Erik wusste nicht, seit wann, und mit offenbar gespielter Freundlichkeit gesagt: »Wunderschönen guten Morgen, Herr Kollege.« Erschrocken hatte er sich umgedreht und dabei seine Kaffeetasse umgestoßen. Seine Zeitung wurde überschwemmt, die Tastatur blieb unversehrt. Lukmanns Augen waren wässrig-hell gewesen, dabei wach und stechend. Eine sonderbare Mischung. »Zeit aufzuwachen, würde ich sagen.« Lukmann hatte die kaffeenasse Zeitung zusammengeknüllt und vor aller Augen in den Papierkorb geworfen. »Los geht's«, hatte er gesagt, im selben sanften Ton, »totstellen kann man sich im Ehebett.« Niemand hatte sich getraut zu lachen, bis Lukmann verschwunden war.

Mittlerweile fragte er sich, wo der Notarzt blieb und die Polizei. »Er blutet noch immer«, sagte die Frau, die von dem Messer gesprochen hatte. »Wie lange dauert es eigentlich, bis man verblutet?«

Es war mindestens zehn Jahre her, dass er einen Erste-Hilfe-Kurs besucht hatte, aber ihm fiel ein, dass man den Oberarm abbinden musste. Das Wort Schlagader kam ihm in den Sinn, und es klang nach Gefahr und Rettung im selben Moment. Schlagader, Schlagader – die Silben pochten in seinem Schädel, schneller und schneller, während auch sein Puls sich beschleunigte.

»Tun Sie doch was!«, sagte die Frau.

Die Beine des Mannes zitterten jetzt, auch sein rechter Arm, der unverletzte, und seine Augen schlossen sich. Erik beugte sich erneut tiefer über ihn, und er hörte zum ersten Mal bewusst auf seinen Atem. Er ging unregelmäßig, mal flach und schnell, mit einem leisen Pfeifton darin, dann wieder träge und stöhnend. Als der Atem für einen Moment aussetzte, hörte Erik auf nachzudenken, schob seine Tasche beiseite, zog seinen Pullover und sein Hemd aus und kniete mit nacktem Oberkörper neben dem Blutenden. Er schwitzte und spürte einen kühlen Luftzug auf seiner Haut. Kurz glaubte er, es sei der Atem des Mannes.

Er streifte sich den Pullover wieder über, nahm den Ärmel seines weißen Hemdes und band ihn, so fest er konnte, um den verletzten Arm. Das Hemd saugte sich voller Blut. Noch einmal zog er den Knoten straffer, dann winkelte er das rechte Bein des Mannes an, brachte den rechten Arm in Position und packte den Körper bei der Hüfte und der Schulter. Er drehte den Verletzten auf die Seite, staunte selbst darüber, wie leicht ihm alles von der Hand ging. Er hatte sich mit Blut beschmiert, aber das war ihm egal. Der Mann lag stabil, seine Augen öffneten sich einen Spalt weit.

»Sie sind noch da«, sagte Erik zu ihm und hielt seine Hand. »Bleiben Sie einfach, wo Sie sind.«

Von draußen hörte er jetzt die Sirenen, endlich, und im nächsten Moment kamen zwei junge Männer in weißen Hosen und Hemden, einer hatte einen Koffer dabei. Erik stand auf und nahm seine Tasche. Die Frau sah ihn an, ihr Mund stand offen. Noch bevor die Sanitäter ihn ansprechen konnten, wand er sich an den Gaffenden vorbei und rannte aus dem Bahnhof.

Sie haben den Tisch abgeräumt, schweigend, und er hat die Espressomaschine angestellt.

»So spät noch?«, sagt sie, aber dann nimmt sie auch eine Tasse. Sie gibt Zucker hinein, rührt lange, fast selbstvergessen um und setzt sich an den Küchentisch. Er steht am Fenster, hält die Untertasse in der einen Hand und umfasst mit der andern die Espressotasse. Das Porzellan wird immer heißer.

Sie räuspert sich. Er sieht aus dem Fenster, hört aber, dass sie in den Kaffee bläst und schlürfend einen Schluck aus ihrer Tasse trinkt.

»Erik?«, sagt sie.

Er dreht sich um.

»Gibt es etwas, das du mir niemals erzählen würdest? Unter keinen Umständen?«

»Was meinst du«, sagt er.

Sie hebt ihre Schultern. »Na ja, eben etwas, das du vielleicht tust oder … beobachtest, mir aber niemals anvertrauen würdest. Niemandem.«

»Wieso fragst du das?«, sagt er und zieht die Augenbrauen zusammen. Sie sehen einander in die Augen, so lange, bis er die Wärme in sein Gesicht steigen fühlt. Er trinkt einen Schluck, schaut sie weiter über die Tasse hinweg an. Er schwitzt. Er sieht, dass sie ihre Ohrringe nicht mehr trägt; nach dem Essen war sie kurz im Bad.

»Die Ohrringe«, sagt er, »die du vorhin anhattest. Die sind neu, oder?«

»Ich hab sie seit ein paar Wochen«, sagt sie und lächelt. »Aber ich … Sie waren teuer«, sagt sie, »ich dachte, du lachst mich aus. Bestenfalls.«

Er geht auf sie zu, hebt seine rechte Hand. »Sie sind schön«, sagt er. »Deine Ohren, meine ich.«

Sie lacht. »Meine Ohren?«

Er berührt ihr linkes Ohr, streicht ihr über die Wange und legt seine Hand auf ihre Schulter. »Sie sind schön«, sagt er noch einmal.

Als er aus dem Bahnhof lief und gleich in den Bus stieg, der auf ihn wartete wie ein Fluchtfahrzeug, dachte er, alle Leute blickten ihn an. Aber als er sich gesetzt und ein paar Mal tief durchgeatmet hatte, merkte er, dass sich niemand um ihn kümmerte. Er zog zwei Taschentücher hervor und wischte sich das Blut ab; zum Glück war es nur auf seiner Hand, und auch dort nicht so viel, wie er geglaubt hatte. Er zog ein drittes Tuch aus der Packung und trocknete sich die Stirn ab, dann erst kam er wirklich zur Ruhe. Der Bus tuckerte gleichmäßig von Haltestelle zu Haltestelle. Erik wurde müde, doch der Gedanke, in wenigen Minuten zu Hause zu sein, befremdete ihn. Er kam ihm unwahrscheinlich vor.

Beim Aussteigen schaute er möglichst vielen Fahrgästen für einen Moment in die Augen. Manche wirkten, als weckte er sie auf. Der Bus fuhr ab, Erik sah ihm nach, bis er um die Kurve verschwunden war, und ging die wenigen Schritte bis zur Haustür.

Doch er zog den Schlüssel zurück, sah sich um und ging nach hinten in den Garten. Beim Küchenfenster blieb er stehen. Nur das Licht über dem Herd brannte, aber es war auch erst dämmerig draußen, noch lange nicht richtig dunkel. Zwei Töpfe standen auf dem Herd, auf der Arbeitsplatte lag ein Messer. Es war groß genug, um einen Menschen damit zu töten. Tomaten lagen auf einem Teller, aus dem Wasserkocher stieg Dampf auf. Und schon einen Moment bevor die Tür aufging, wusste er, dass Johanna sich näherte. Er hätte es nicht erklären können und wusste, dass er ihr ohnehin nicht erzählen würde, wie er am Fenster gestanden und in seine eigene Küche gespäht hatte. Die Klinke wurde heruntergedrückt, die Tür bewegte sich, und als er Johannas Hand und dann den ganzen Arm sah, duckte er sich und ging zurück zur Eingangstür.

Noch einmal atmete er durch, bevor er den Schlüssel ins Schloss steckte.

Er spült das restliche Geschirr, während sie den Fernseher einschaltet und durch etliche Programme zappt. Er hört, dass sie bei keinem lange bleibt, die Stimmen brechen ab und ersetzen einander, Musik jault auf. Etwas explodiert, Schüsse fallen, eine Sirene heult und stirbt ab.

»Ich gehe duschen«, sagt sie, »und dann auch bald ins Bett.« Sie steht in der Tür und sieht ihn an. »Ich bin müde.«

»Alles klar«, sagt er, die Hände noch nass vom Spülwasser: »Bis gleich.«

Er hört die Tür zum Bad auf- und zugehen, kurz darauf rauscht das Wasser. Er trocknet sich die Hände ab und gießt sich einen Schnaps ein. Er kippt ihn hinunter, schenkt sich nach und spült mit dem letzten, längst kalt gewordenen Schluck Espresso hinterher. Der Schnaps brennt ein bisschen in der Kehle, doch die Wärme, die er in seinem Magen erzeugt, ist angenehm.

Er setzt sich ins Wohnzimmer und schaltet den Fernseher ein, sieht und hört aber nicht hin. Ohne das Gerät auszuschalten, geht er in den Flur und auf das Badezimmer zu. Er hat sich die Socken ausgezogen, spürt den Teppichboden unter den Fußsohlen. Seine Schritte sind lautlos. Als das Wasser aufhört zu rauschen, hält er den Atem an. Der Duschvorhang wird beiseitegeschoben, durch die geschlossene Tür kann er das Duschgel und die warme Feuchtigkeit riechen. Er beugt sich vor und sieht durchs Schlüsselloch. Sein Herz schlägt schnell. Noch nie hat er sie so beobachtet. Sie nimmt sich ein Handtuch und wickelt es um ihren Körper. Gleich darauf löst sie das Handtuch wieder, wischt damit über den beschlagenen Spiegel und sieht sich an. Ihm wird warm. Seine Zehen krallen sich in den Teppichboden. Für einen Moment glaubt er, die ganze Unermesslichkeit des Planeten unter seinen Füßen zu spüren. Die Größe und die Wärme des Leibes, auf dessen Haut er steht.

Er geht ins Schlafzimmer, immer noch lautlos, zieht die Vorhänge zu und zieht sich aus. Er legt sich ins Bett, auf ihre Seite. Die Badezimmertür geht auf, er hört ihre Schritte, die sich leise nähern. Sie löscht das Licht im Flur, und schließlich geht die Tür auf, ihre Silhouette erscheint vor dem dunklen Flur.

»Komm her«, sagt er, »ich bin hier.«

»Wir haben kein Kondom benutzt.«

»Das macht nichts«, sagt sie. Sie dreht sich auf die Seite, stützt ihren Kopf in die flache Hand und sieht ihn an. »Das ist okay.«

Er weiß nicht, was das zu bedeuten hat, aber er ist jetzt nicht in der Lage, darüber nachzudenken. Sein Kopf ist leer. Draußen schreit eine Elster, dann fällt irgendetwas um, und er hört Kinder lachen. So spät noch, denkt er.

»Das ist okay«, sagt sie noch einmal.

Eine Weile liegen sie schweigend da. Er atmet ruhig und tief, spürt jeden Zug in seiner Lunge. Er bewegt seine Zehen, alle Finger, einzeln nacheinander, und faltet die Hände auf seinem Bauch. Er möchte noch nicht schlafen, konzentriert sich ganz auf seinen Körper.

»Weißt du noch damals«, sagt sie plötzlich. »Als ich dachte, ich bin schwanger?«

Er sieht sie nicht an. Er bleibt auf dem Rücken liegen und atmet ruhig weiter.

»Das Kind«, sagt sie leise. »Das wäre von einem anderen Mann gewesen.«

XI.

Natürlich war Leichenschmaus ein seltsames Wort. Er hatte gehört, dass es anderswo Tröster hieß, er wusste nicht mehr, wo.

Er saß neben ein paar Kollegen, ein Stück weiter die Witwe und ihre Kinder, auch sie erwachsene Leute, und von Beginn an herrschte gute Stimmung. Erleichterung jedenfalls, eine Last war von allen genommen, die härteste Etappe geschafft. Es wurde Kuchen auf großen Platten serviert, er konnte sehen, wie ungeduldig, fast lüstern manche darauf schauten, und vier Bedienungen gingen mit Thermoskannen herum und schenkten Kaffee aus.

Minuten später erfüllten die Stimmen aller den Raum, es wurde gelacht, über die Arbeit und das Wetter geredet, die amerikanische Präsidentschaftswahl und die laufende WM-Qualifikation. »Bäh!«, machte jemand, »der Kaffee weckt ja Tote auf!«, und nach einem Moment der Stille lachte der halbe Tisch.

David sah sich um, trank seine Tasse leer, schenkte sich nach und nahm noch ein Stück Streuselkuchen. Er fühlte sich gut, und er sah, dass die Witwe lächelnd zu einem der Kellner etwas sagte.

Von nun an ging das Leben weiter.

PROVIANT

Ich lernte den Mann im Krankenhaus kennen. Sein 14-jähriger Sohn lag mit Hodenkrebs bei uns auf der Wache. Er hatte sich nicht getraut, zum Arzt zu gehen, war nun operiert worden und wartete darauf, auf eine normale Station verlegt zu werden. Das heißt, wir warteten, sein Vater auch, er selbst war selten ansprechbar. Und in seinen wachen Momenten schaute er nur stumm in die Luft, ließ ab und zu seinen Blick durch den Raum schweifen und schloss dann wieder seine Augen. An seine Stimme erinnere ich mich nicht.

Mit dem Vater aber unterhielten wir uns manchmal. Viel Zeit hatten wir nicht, kein Bett blieb länger leer als für zwei, drei Stunden, doch wenn ich eine Pause machte, eine Kleinigkeit aß oder einen Kaffee trank, dann kam es vor, dass ich mich neben ihn setzte.

»Wie geht es Ihnen?«, fragte ich.

»Danke«, sagte er. Er sprach leise. »Den Umständen entsprechend, sagt man hier wohl.« Er hustete, vielleicht war es auch eine Art Lachen. Dann knüllte er seinen leeren Plastikbecher zusammen. »Wollen Sie auch noch einen?«

Ich hatte meine eigene Tasse, und der Kaffee, den wir in unserer Teeküche kochten, war nicht umwerfend, aber immerhin besser als die Brühe aus den Automaten. Dennoch sagte ich ja. Der Mann stand auf, und ich hatte Mühe, den Anblick seines Rückens zu ertragen.

Es dauerte eine Weile, bis er mit den beiden Bechern wiederkam. Ich sah etwas zu lang auf meine Uhr.

»Sie müssen wieder rein, nicht wahr?«

Ich zuckte mit den Schultern. »Wir sind zu wenige«, sagte ich.

Er blies in seinen Becher, kniff die Augen zusammen und nahm einen winzigen Schluck. Er hatte seine Jacke nicht ausgezogen, und jetzt erst merkte ich, dass es tatsächlich kalt war auf dem Flur. Meine Gänsehaut war mir augenblicklich peinlich.

»Als meine Frau starb«, sagte er – »als sie noch lebte, meine ich, hier in diesem Krankenhaus, da hab ich einmal neben einem Arzt gesessen. Auch auf dem Flur, draußen vor ihrem Zimmer.« Er nahm noch so einen kleinen Schluck und sprach weiter, ohne mich anzusehen. »Ich hab ihn gefragt, wie lange wir noch hätten. Sie und ich. Da hat er seine Stirn gerunzelt und auf die Uhr geschaut; so wie Sie eben. Und im Aufstehen hat er gesagt, dass man so etwas nie genau sagen könne. Dann ist er schnell weggegangen. Ein paar Minuten später hab ich ihn mit einem Kollegen eine Zigarette rauchen sehen.«

Erneut dieses Husten, dann sah er mich an. Ich hatte immer noch Gänsehaut, zugleich aber begann ich zu schwitzen.

»Etwa sechs Wochen blieben uns noch damals«, sagte er. »Ist das viel Zeit oder wenig?«

»Wir können einen Moment lang runtergehen«, sagte ich, »in die Cafeteria. Ihr Sohn schläft bestimmt noch eine Weile.«

Ich ging neben ihm her, ohne ihn anzuschauen. Unsere Sohlen quietschten auf dem Linoleum. Sobald wir unten auf dem Teppichboden waren, wurde mir wärmer, und ich hörte dennoch auf zu schwitzen. »Was möchten Sie?«, sagte ich.

»Nur ein Wasser. Vielen Dank.«

Wenige Tische waren besetzt, schon an der Gesichtsfarbe der Leute konnte ich erkennen, ob es Besucher oder Patienten waren. Ein Kollege von der Inneren ging gerade an die Kuchentheke. Er winkte kurz und zählte dann das Kleingeld in seiner Hand. Ich wartete, bis er weg war, und stand auf.

Der Mann nickte, als ich ihm das Wasser gab. Der Abdruck seiner Lippen trübte den Rand des Glases.

Ich stellte mein Stück Kuchen auf den Tisch, schob es aber gleich beiseite. »Keinen Hunger, was?«, sagte ich.

Er schaute sich um und sah mir dann in die Augen. »Manchmal«, sagte er, »kann ich mir nicht vorstellen, jemals in meinem Leben wieder etwas Festes zu mir zu nehmen.« Seine Stimme war weich, er sprach ganz ohne Nachdruck. »Essen einkaufen, Salat und Gemüse und … Fleisch.« Er verzog das Gesicht. »Vorfreude aufs Kochen, wissen Sie, das …« Er nippte an seinem Wasser, verwischte die Spur seiner Lippen. »Neulich war ich einkaufen. Da waren Leute, die haben ihre Wägen so vollgeladen, dass sie sie kaum noch schieben konnten. Wein und Kaffee, Brot und Wurst und Käse. All diese Sachen. Erst war ich ein bisschen neidisch« – wieder sah er mir in die Augen – »dann wurde mir kalt, eiskalt, und ich wurde irgendwie taub. Ganz gefühllos, verstehen Sie? Ich war so weit weg von allem. Von diesen Leuten so weit entfernt wie von … von Gott, vom Mars. Von allem.«

Ich schob meinen Teller noch etwas weiter weg, aber der Mann lächelte und sagte: »Nein, nein, essen Sie ruhig. Bitte.«

Ich stach mit der Gabel in das Stück Kuchen, hatte aber keinen Hunger mehr. Ich schmeckte nichts als Zucker und spülte schnell mit einem Schluck Saft nach. Aus dem Augenwinkel sah ich, wie jemand winkte, und winkte zurück. Als ich meinen Kopf drehte, bemerkte ich, dass ich gar nicht gemeint war. Eine Frau im Morgenmantel stand von ihrem Tisch auf und ging dem Kind, das gewunken hatte, mit hellen Augen entgegen. An ihren Mundwinkeln klebten Krümel.

»Mein Sohn liebt Apfelkuchen«, sagte der Mann. Er deutete auf meinen Teller. »Ich bin kein großer Koch, aber für Fabian habe ich alles gerne gemacht: Brathähnchen, Pommes, Spaghetti. Vieles schmeckt ihm nicht, aber wenn er etwas mag, dann isst er mit Hingabe. Gurkensalat.« Er lachte kurz und schüttelte den Kopf. »Er ist ganz verrückt nach Gurkensalat.«

»Und Apfelkuchen«, sagte ich.

Er lächelte.

Als er sein Glas geleert hatte, gingen wir nach oben. Mein Stück Kuchen nahm ich mit.

»Danke«, sagte er.

Ich schüttelte ihm die Hand und ging ins Schwesternzimmer. Seine Schritte entfernten sich langsam auf dem Flur.

Es dauerte nicht lange, bis ich ihm erneut die Hand geben musste. Sein Sohn kam auf eine normale Station, wurde aber bald danach entlassen. Es sei nicht mehr viel für ihn zu tun, sagten die Ärzte. Florian habe eine Menge Pech gehabt; und viel zu lang geschwiegen. »Fabian«, sagte ich. »Er heißt Fabian.« Die Ärzte verabschiedeten sich.

Sein Vater wollte ihn zu Hause haben. »Meine Frau ist hier gestorben«, sagte er. »Nie wieder.«

»Alles Gute«, sagte ich, dann gab ich ihm die Unterlagen. Der Mann war blass. Er ließ die Schultern hängen, sah auf den Fußboden. Sein Rücken war schmal. Ich sah ihm hinterher, bis er verschwunden war. Dann kochte ich Kaffee. –

Und heute traf ich ihn wieder. Er stand vor mir an der Kasse, hatte massenweise Lebensmittel eingekauft, und erst als er bezahlte, erkannte ich ihn. Fast erschrak ich ein bisschen. Er sah gut aus, jünger als damals, und seine Augen waren wach. Unverschleiert.

Er packte seine Sachen in drei große Plastiktüten, sehr vernünftig und planmäßig, und erst als ich an ihm vorbeiging, sah auch er mir kurz in die Augen. Er lächelte und hob seine Hand.

Doch ich schüttelte den Kopf und zuckte mit den Schultern. Mit meinen Sachen in der Hand, Zigaretten bloß und eine Flasche Saft, ging ich nach draußen und verschwand ohne einen Gruß. Wahrscheinlich sah er mir nach. Ich hob meinen Kopf und die Schultern und bemühte mich um aufrechten Gang.

XII.

Sein Hunger war noch größer als seine Müdigkeit, er konnte nicht warten, bis er zu Hause war. Der Bäcker im Bahnhof hatte abends immer Angebote; heute waren es drei Brezeln zum Preis von zweien.

Sobald er im Zug saß, fing er an zu essen. Ihm gegenüber saß eine ältere Frau, die gepflegt aussah, fast elegant. Sie betrachtete ihn offen, und er merkte schnell, dass ihr der Anblick, den er beim Essen bot, unangenehm war. Ihr Blick wurde starrer, er spürte, dass sie ihn bald abstoßend, schließlich sogar ekelhaft fand. Er aß schneller, kaute heftiger, erzeugte Schmatzgeräusche, in sich die widerstrebenden Impulse, sich zu verbergen und sich immer deutlicher als Essenden zu präsentieren.

Die Frau stieg eine Station früher aus als er. Er sah hinaus, ließ sie nicht aus den Augen. Sie wartete, bis alle den Bahnsteig verlassen hatten, und trat an den Mülleimer. Mit ihrem Handy leuchtete sie hinein, beugte sich vor und durchwühlte den Müll. Als der Zug wieder anfuhr, war sie bis zum Oberarm in der Tonne, und ihr Gesicht war nicht mehr zu sehen.

ECHOS

... und plötzlich schrillt das Telefon: mitten in der Nacht.

»Ja, bitte?«

Ich war im Wohnzimmer eingeschlafen, hatte mir ein Kissen auf den Esstisch gelegt. Aus dem Telefon kam nur leises Rauschen, in der Schwärze meines Zimmers war ich blind.

»Hallo«, sagte ich, »ist da wer?« Ich musste mich konzentrieren, um meine eigene Stimme zu erkennen.

»Guten Abend«, sagte ein Mann. »Es tut mir leid.«

Ich richtete mich auf, die Müdigkeit hatte meinen Körper schwer gemacht. Die Uhr an der Wand war nur ein grauer Fleck.

»Wer ist da, bitte?«, sagte ich.

»Sie sind es gar nicht, nicht wahr?«

»Hören Sie«, sagte ich, aber dann stieß ich bloß Luft durch die Nase. Mein Mund war trocken.

»Es tut mir leid«, sagte der Mann noch einmal, »ich habe mich verwählt.«

Meine Augen gewöhnten sich langsam an die Dunkelheit, und ich konnte jetzt einzelne Dinge erkennen. Das helle Regal an der Wand gegenüber, die Teetasse auf dem Tisch. Neben der Tür standen immer noch Kartons, in der Ecke ein Putzeimer. Auch von draußen kam ein leises Rauschen.

»Hier regnet es«, sagte ich und räusperte mich. »Wie aus Eimern.« Tatsächlich nieselte es bloß, aber für den Morgen waren Unwetter angesagt. Den Wetterbericht hörte ich so oft es ging; es war gut zu wissen, was am nächsten Tag geschah.

»Oh«, sagte der Mann. »Haben Sie Blumen? Eine Katze? Möbel auf dem Balkon?«

»Hören Sie«, sagte ich noch einmal, »das ist mein Leben, und es ist mitten in der Nacht. Ich glaube nicht, dass mein Balkon Sie etwas angeht.« Ich hatte keinen Balkon, vielleicht reagierte ich deshalb ein wenig gereizt. »Ich glaube, ich möchte nicht länger gestört werden.«

»Aber natürlich, bitte verzeihen Sie.«

»Ich lege jetzt auf.«

Der Regen erzeugte ein feines Gewebe aus Klängen. Einmal, als ich am Ufer saß, im Sommer, ging mir plötzlich auf, dass die Bäume auf der anderen Seite des Flusses nicht bloß grün waren, sondern aus hundert verschiedenen Farbtönen bestanden. Ich hatte versucht, alle Arten von Grün zu zählen, die in den Baumkronen vorkamen, aber dann hatte ich gemerkt, dass man darüber verrückt werden kann. Mit dem Regen war es genauso. Man dachte, es sei nur ein Geräusch, aber wenn man genau hinhörte, wurde einem schwindelig.

»Sagen Sie – kann es sein, dass ich Ihre Stimme kenne?«

»Meine Stimme kennt Sie jedenfalls nicht«, sagte ich. In meinem Hals zog sich etwas zusammen, und ich hustete. Viel lauter als nötig, direkt in den Hörer. Ich wusste, wie weh ihm das tat. »Verzeihung«, sagte ich.

»Ich kann auch nicht schlafen«, sagte er. »Die Nacht ist so –«

»Sie haben mich geweckt.« Ich dachte an mein Bett, in dem ich seit Wochen nicht gelegen hatte. Entweder schlief ich auf dem Sofa ein oder ich legte mir ein Kissen auf den Tisch. Ins Schlafzimmer ging ich nur, um mich umzuziehen. Ich öffnete den Schrank so leise wie möglich und nahm mir ein Hemd und frische Wäsche heraus. Alle paar Tage.

»Meine Wohnung ist groß«, sagte der Mann. »Viel zu groß. Als ich noch Arbeit hatte –«

»Darüber möchte ich nicht sprechen«, sagte ich.

Wir schwiegen, und mein Arm fing an zu schmerzen. Ein paar Sekunden noch, dann würde ich auflegen. »Wochenlang ist es so still um einen, als wäre man gar nicht auf der Welt«, sagte ich, »und dann –«

»Dann schrillt das Telefon, nicht wahr? Mitten in der Nacht.«

Ich hörte Schritte im Treppenhaus, wahrscheinlich die Neue. Gesehen hatte ich sie noch nicht, ihr Namensschild aber gelesen. Sie schien nachts häufig wach zu sein; Licht aus dem Treppenhaus, Musik aus der Wohnung. Schritte und Lebensgeräusche.

»Darf ich Ihnen eine Geschichte erzählen?«, sagte der Mann. »Sie ist ganz kurz.«

Draußen war es plötzlich still, der Regen machte eine Pause. Das Rauschen aus der Leitung wirkte umso lauter. »Na gut«, sagte ich und überlegte, was ich ihm im Gegenzug erzählen könnte. Wer etwas gab, der wollte dafür etwas haben. Ich war auf der Hut.

»Passen Sie auf«, begann er. »Neulich war ich seit Langem mal wieder in meinem Dorf. Ich bin da aufgewachsen. Ich war auch mal ein Kind.«

Er machte eine Pause, aber ich sagte nichts. Ich sah einen kleinen Jungen vor mir, mit Gummistiefeln, in Schwarz-Weiß, aber er verschwand schnell wieder aus dem Bild.

»Es gab da einen Fluss und am Ufer ein Echo. So ein großes Loch aus Beton, Abwasser wahrscheinlich, und wenn man hineinrief, dann rief es zurück. Es stank ein bisschen, aber das war uns egal. Wir haben dauernd da hineingerufen. Namen, Wörter, lauter Blödsinn.«

Wieder machte er eine Pause, und ich fand, das war noch lange keine Geschichte. »Und?«, sagte ich.

»Na ja, jetzt war ich wieder dort. Meine Eltern sind tot, aber ich bin trotzdem hingefahren. Das Dorf ist winzig, meine Wohnung kommt mir größer vor.«

»Und das Echo?«, sagte ich.

»Eben«, sagte er, »das Echo. Ich bin runter an den Fluss, habe das Betonrohr gefunden und hineingerufen – und es kam nichts mehr zurück. Nur gestunken hat es immer noch.«

Ich wartete. »Das war die Geschichte?«

»Ja.«

Eine Weile schwiegen wir wieder. Der Atem des Mannes wurde lauter, ich wusste nicht, was er tat. Ich legte meinen Kopf zurück auf das Kissen, sprach halb im Sitzen, halb im Liegen weiter. »Ich war einkaufen neulich«, sagte ich. »Im Kaufhaus.«

Der Atem des Mannes wurde wieder leiser.

»Ich brauche ja nicht viel, aber ab und zu … Jedenfalls bin ich hoch zu den Kleidern. Bei der Rolltreppe geht es zu den Damen, und da stand so eine Puppe. Wie im Schaufenster.«

Die Puppe hatte kein Gesicht gehabt, ansonsten aber alles. Eine richtige Frau, nur eben aus Plastik.

»Und dann kamen zwei Jungs«, sagte ich, »dreizehn, höchstens vierzehn wahrscheinlich, ich kann das nicht so genau … Und sie haben der Puppe das Kleid angehoben. Und druntergefasst. Dann sind sie weggelaufen, und ich stand da.«

Der Mann schnaufte und zog die Nase hoch. »Ich weiß auch noch eine«, sagte er. »Das ist schon länger her, vor einem Jahr am ersten Januar. Ich saß im Zug, und da war eine junge Frau, die hat telefoniert. Prost Neujahr, alles Gute, diese Dinge. Und dann hat sie gesagt: Ich hatte einen roten Schlüpfer an, das soll Glück bringen.«

Der Mann machte erneut eine Pause, dann sagte er: »Was haben denn Sie gerade an?«

Ich verschluckte mich und musste husten. Ein richtiger kleiner Anfall. »Also«, sagte ich, meine Stimme noch rau. »Ich darf doch wohl sehr bitten.«

»Verzeihung«, sagte er. »Hab ich Ihnen schon von meiner Wohnung erzählt?«

»Die ist so furchtbar groß.«

»Ach so, ja.«

Draußen setzte der Regen wieder ein. Ein sanftes, stetiges Rauschen. Ich war froh, dass das Geräusch keine Bedeutung hatte. Ohne den Hörer vom Ohr zu nehmen, lauschte ich eine Weile hinaus.

»Na, was ist denn nun mit Ihrer Wohnung?«, sagte ich.

»Eigentlich nichts«, sagte er. »Aber ich habe so viel Platz. Wenn ich bei der Wohnungstür stehe und ganz schnell ans andere Ende gehe, ins Wohnzimmer, habe ich das Gefühl, ich wäre so fürchterlich weit weg von mir. Verstehen Sie?«

»Ich lege jetzt den Hörer neben das Telefon«, sagte ich, »und dann gehe ich durch meine Wohnung. Im Dunkeln, durch jedes Zimmer. Und wenn ich wiederkomme, schaue ich, ob Sie noch da sind, und dann –«

»So machen wir's«, sagte er.

Ich stand auf und merkte erst jetzt, wie sehr mein Rücken schmerzte. Ich streckte mich, rieb mir die Augen und machte mich auf den Weg. Ich ging einmal um den Tisch herum und hinüber in die Küche. Ich berührte den Wasserhahn, das kalte Metall des Messers, das noch auf der Arbeitsfläche lag, und biss in ein Stück Brot. Die Rinde war schon hart, aber es tat gut. Im Bad trank ich einen Schluck Wasser aus dem Hahn und roch an dem Handtuch, das auf dem Boden lag. Zuletzt ging ich ins Schlafzimmer.

Tatsächlich hörte ich die Neue. Lautes Räuspern, ein paar Schritte, schließlich Musik. Ich nahm mein Radio vom Nachtschrank, blies im Dunkeln den Staub von dem schwarzen Plastik und drehte am Knopf. Ganz leise zunächst, bis ich denselben Sender gefunden hatte. Ich stellte das Radio zurück auf den Nachtschrank und erhöhte die Lautstärke. Dann räusperte ich mich und ging, absichtlich laut diesmal, zurück in den Flur.

»Da bin ich wieder«, sagte ich. »Wissen Sie, wie seltsam es ist, im Dunklen in den Spiegel zu schauen?«

»Ich meide Spiegel«, sagte er. »Solange ich mich nicht sehe, komme ich mir bekannt vor.«

»Manchmal – manchmal habe ich auch ein bisschen Angst, verrückt zu werden«, sagte ich.

»Warum?«

»Na ja, wegen ...«

»Nein, ich meine, warum macht es Ihnen Angst?«

Ich zögerte. »Manchmal möchte ich dem Regen ins Gesicht spucken«, sagte ich.

Er lachte, zum ersten Mal. Ich erschrak und lachte auch.

»Und ich möchte die Sonne mit meiner Schönheit blenden«, sagte er.

Noch während wir erneut lachten, versuchte ich mir den Mann vorzustellen. Bislang hatte ich nicht darüber nachgedacht, wie er aussah. Ich wusste nicht, was einen schönen Mann schön machte, aber ich zeichnete mir ein Bild. Es verschwamm, verschwand schließlich, als er weitersprach.

»Man müsste das eigene Verrücktwerden mit Zärtlichkeit betrachten können, finden Sie nicht?«, sagte er.

Ich überlegte kurz. Mein Körper wurde leichter. »Ich bräuchte einen Vorhang, hinter dem ich hervortreten könnte«, sagte ich.

Er kicherte. »Im August ist die Welt am größten.«

»Wenn der Atlantik zu kalt wird, ziehen die fliegenden Fische in die Südsee.« Die Wörter fühlten sich weich an, obgleich mein Hals noch immer kratzte. »Haben Sie auch manchmal das Gefühl, dass die Zeit ein schwarzer Vogel ist, der ein Nest in Ihnen baut?«

Er sagte nichts, aber sein Schweigen klang zustimmend.

»Es kommt vor, dass ich mich mit jemand anderem verwechsle«, sagte ich.

»Manchmal würde ich mich gerne als Ente verkleiden und die Rentner im Park füttern«, sagte er.

Eine Weile ging es so weiter. Die Wörter kamen ganz von selbst. Schließlich schwiegen wir, mein Arm tat schon lange nicht mehr weh. Wir atmeten langsam, gleichmäßig, im selben Rhythmus, bestimmt eine Minute saßen wir da in der Stille.

»Wie lange haben wir gesprochen?«, sagte er.

»Sie haben angerufen«, sagte ich.

Er kicherte wieder. »Also dann«, sagte er.

»Also dann.«

»Zehn, neun«, begann er und zählte weiter rückwärts.

Als er bei fünf war, legte ich auf. Mein Hals beruhigte sich erst jetzt wieder, ich räusperte mich erneut und trank den kalten Rest Tee aus meiner Tasse. Dann ging ich zur Telefonbox und zog das Kabel heraus. Um ganz sicher zu sein, legte ich auch noch den Hörer auf den Tisch.

Eine Weile ging ich im Wohnzimmer auf und ab und blieb schließlich beim Fenster stehen. Obwohl es dunkel war, hatte ich das Gefühl, ich hätte nie zuvor so weit schauen können. Die ganze Welt lag da, sie bestand aus Dächern, Bäumen, Lichtern, dem Geräusch des Regens und einem schwarzen Himmel, der bald grau und dann rosa und dann hellblau sein würde. An das Unwetter glaubte ich nicht mehr. Man bekommt so vieles erzählt, das überhaupt nicht stimmt.

XIII.

Er ging nicht gleich nach Hause. In der Fußgängerzone sah er einem Straßenkünstler zu, eine Art Clown, der eine Maske trug und zu leiser Musik etwas aufführte, das aussah wie ein Tanz, der nicht in Gang kam, immer wieder von vorne begann. Eine Frau und ihr Kind, vielleicht fünf oder sechs Jahre alt, standen dicht bei ihm; die Frau rauchte eine Zigarette und schaute auf ihr Handy. Als der Künstler sich hinunterbeugte und eine andere Maske aufsetzte, sagte das Kind: »Mama, der Mann hat sich ein neues Gesicht aus dem Koffer genommen.«

David warf eine Münze in den Koffer und ging. Kurz sah er die vielen grauen Männer anders an, die mit einem Aktenkoffer in der Hand auf ihrem Heimweg waren.

Jetzt zählte er sich wieder auf, was er alles nicht verstand. Als könnte er die Summe aus dem Aufgezählten bilden und so immerhin zu einem Ergebnis kommen. Etwas erfahren, das er vorher nicht gewusst hatte. Warum er Tanja nicht gesagt hatte, dass der Mann ihn in Mainz treffen wollte, damit ging es los. Punkt eins auf der Liste. Ein Kunde, mehr hatte er nicht gesagt, und sie wusste natürlich längst, dass sie die meisten Antworten von ihm auf Fragen erhielt, die sie gar nicht gestellt hatte. Das Verschweigen von Nichtverschweigenswertem: Punkt zwei. Zu Punkt drei war er gerade unterwegs, und obwohl er auch jetzt noch anrufen, ihr sagen könnte, dass er seine Tante besuche, weil er viel zu lange nicht bei ihr gewesen sei, wusste er, dass er es nicht tun würde. Er hatte sich ein Taxi genommen (Punkt vier), vielleicht, weil ihm das das Gefühl gab, er sei in einer fremden Stadt, auf Dienstreise, aber sicher war er sich nicht. Als er dem Fahrer das Geld gab, hielt auf der anderen Straßenseite der Bus, den er hätte nehmen können. Punkt fünf, dachte er, strich den Eintrag aber in Gedanken wieder durch; vier b, wenn überhaupt.

Nach dem Termin hatte er eingekauft, ohne zu wissen, was sie eigentlich brauchten: Punkt fünf. Als er die Tür zuwarf, fuhr der Fahrer los, als habe er es eilig fortzukommen. Farnbach sah an sich hinab, entdeckte aber nichts, das ihn verdächtig machte. An dem großen Tor hielt er noch einmal inne, sah sich ein letztes Mal um, dann ging er hinein. Es war ein seltsames Gefühl, zwei Plastiktüten voller Lebensmittel auf den Friedhof zu tragen, doch hier beschloss er die Liste. Dies war kein Ort für so etwas. Man setzte sich auch nicht neben ein Grab und las die Zeitung.

Er dachte an die Notizen des Kunden, die in seiner Jackentasche steckten. Vielleicht würden sie hier in einem anderen Licht erscheinen, das Banale weniger banal wirken, etwas in der Richtung. Doch er ging einfach weiter, verwarf den Gedanken. Es ging um Werbebroschüren für ein Hutgeschäft. Zwei davon kannte er in Mainz, und obwohl er nie auf die Idee gekommen wäre, sich einen Hut zu kaufen, gefiel es ihm, dass zwei Geschäfte hier existieren konnten, die nichts verkauften als Hüte. Der Mann, seltsamerweise nicht der Eigentümer des Ladens, sondern einer der beiden Angestellten, hatte zusammengetragen, was ihm wichtig war. Farbig, nicht zu viel Text. Groß genug, aber nicht unhandlich. Vier Seiten, eventuell mehr. Hüte sind Kopfsache, der Satz sollte über allem thronen. »Ein Leitmotiv«, hatte der Mann gesagt, und Farnbach hatte Mühe gehabt, nicht zu lachen. Es war ihm sogar schwergefallen, ihn – er sah aus wie ein Dreißigjähriger, der wie ein Vierzigjähriger aussah – zu siezen. Als wären sie zwei Kinder, die Erwachsene spielten. »Wir sind keine Werbeagentur«, hatte er gesagt, »wir drucken bloß.« Er hatte den Kunden überhaupt nur getroffen, weil Ferber krank war; er kaufte Papier ein, diese Art von Beratung war nicht seine Sache. Aber so hatte er mittags schon nach Mainz fahren können, und es war klar, dass er nach dem Termin nicht mehr ins Büro zurückkehrte. Ein früher Feierabend, vor allem war es das.

Farnbach trug die Einkäufe über die schmalen, vertrauten Wege und stellte sie an dem Grabstein ab.

Er hatte aufgehört, mit seiner Tante zu sprechen, lange schon. Oft starrte er nur auf den Namen, ohne sich zu bewegen. Er war froh, dass der Name nicht sein eigener war. Er entfernte ein paar Flechten von dem Stein und goss frisches Wasser auf die Bepflanzung. Irgendetwas mit grünen Blättern, das niemals blühte, aber auch nicht die Farbe verlor;

Blätter, die im Herbst nicht von den Zweigen fielen. Er ging auf die Knie und wischte mit einem Taschentuch über die Platte aus Granit.

»Na, wieder auf Heimatbesuch?«

Er hatte Volthea nicht kommen hören und erschrak. Dann aber lächelte er und stand auf, um ihm die Hand zu geben. »Ab und zu«, sagte er, mehr fiel ihm nicht ein.

»Ja«, sagte Volthea, »ab und zu tut es richtig gut, das eigene Grab zu besuchen.« Er rollte das *r* und sprach die Zischlaute alle wie ein *sch* aus. Vor über vierzig Jahren war er aus Rumänien gekommen, aus einem Dorf in der Nähe von Sibiu, und noch immer hörte man jedem Wort seine Herkunft an.

Farnbach lachte, er musste sich ein bisschen dazu zwingen.

Volthea hatte eine Gießkanne in der Hand, die offenbar leer war. Er trug seine blaue Arbeitshose und darunter ein kariertes Hemd mit kurzen Ärmeln. Seine Finger waren braun von der Erde und gelb vom Nikotin. Er schwitzte.

»Alles klar soweit?«, sagte Farnbach. Dasselbe hatte der Kunde gesagt, am Ende ihres Gesprächs, und es hatte gewirkt, als probiere er einen Satz aus, der ihn souveräner wirken lassen sollte. Er hatte auf seine Armbanduhr geschaut, etwas zu demonstrativ. »Mein Vater. Er hat heute Geburtstag, wissen Sie, und ich muss noch ein Geschenk besorgen.« Er hatte plötzlich gekichert, jungenhaft, eine kleine Entblößung: »Hüte hat er schon genug.«

Volthea zuckte mit den Schultern, als hätte er Farnbachs Gedanken mitgehört, und schob die Unterlippe vor. »Was soll's«, sagte er. »Leben geht jeden Tag einen Tag weiter. Und irgendwann hier.« Er hob die Gießkanne hoch, beschrieb mit ihr einen kleinen Bogen in der Luft. »Da hab ich's nicht weit. Bin sowieso immer da.«

Farnbach wusste nicht, wer Volthea dafür bezahlte, dass er jeden Tag auf dem Friedhof verbrachte, einige der Gräber pflegte und alles instand hielt. Er war Rentner, hatte früher als Klempner gearbeitet; in vielen seiner Geschichten ging es um Fäkalien und Gestank, alle erzählte er fröhlich. Was es eigentlich auf einem Friedhof instand zu halten gab, wusste Farnbach auch nicht recht. Aber der Alte machte immer den Eindruck, als habe er viel zu tun. Als erledige er gewissenhaft eine Arbeit, die niemals aufhörte.

»Der Frühling scheint zu kommen«, sagte Farnbach.

»Frühling kommt und geht.« Volthea zuckte erneut mit den Schultern und schaute in den Himmel. »Aber noch keine Schwalben. Die Schwalben sind spät diesmal, ich weiß nicht, was da los ist.«

Auch Farnbach schaute nach oben, der Himmel war leer. Keine Wolke, keine Schwalben, nur zwei verblassende Kondensstreifen, die sich irgendwo in weiter Ferne zu berühren schienen.

»Die Schwalben sind die besten Flieger, die es gibt«, sagte Volthea. Die Schwalben waren eines seiner Lieblingsthemen, neben den Toiletten fremder Menschen. Er erwartete sie sehnsüchtig, kaum dass der Winter vorbei war, suchte den Himmel nach ihnen ab und schaute ihnen, sobald er die ersten entdeckt hatte, bei ihrer Jagd auf Insekten zu. Schwärmte von ihrer Geschwindigkeit, ihrer Wendigkeit, ihrer Eleganz. Sprach er von den Schwalben, benutzte er Wörter, die Farnbach ihn in keinem anderen Zusammenhang je benutzen hörte.

Sie blickten beide noch immer in die Luft, als Farnbachs Handy vibrierte. Er zog es hervor und sah Tanjas Nummer im Display. Kurz musste er warten, dann gab das Gerät Ruhe, und er steckte es zurück in die Tasche. Volthea sah ihn an und grinste, als habe er ihn bei etwas Unanständigem erwischt. »Dauernd Geschäfte«, sagte er, noch immer grinsend, und ging weiter. Die Gießkanne schwenkte er im Gehen vor und zurück wie ein fröhliches Kind.

Farnbach hatte den Mann gefragt, wie alt sein Vater werde. Der Mann hatte sofort geantwortet, offenbar dankbar, dass Farnbach das prompte Ende ihres Geschäftstermins akzeptierte. »Fünfundsechzig«, hatte er gesagt, dabei die Augenbrauen gehoben wie beim Übermitteln einer bemerkenswerten Nachricht. Und Farnbach hatte einen Stich verspürt, die schiere Zahl verursachte ihm einen kleinen, feinen Schmerz. Auch jetzt, da er wieder zu rechnen begann. Jeden Tag musste er rechnen, mit Zahlen hantieren – Angebote, rasch wechselnde Preise; Papier von der Rolle, Bogen mit vier- oder achtfachem Nutzen, 70 Gramm, 80 Gramm; Klammerheftung oder komplizierte Falzmuster –, aber nie drängte sich dieses Gefühl in seine Arbeit. Dass sein Vater jetzt schon älter wäre, wenn auch bloß ein Jahr, das war es gar nicht. Diesmal ging es um ihn selbst.

Er nahm seine Einkaufstüten und ging einmal quer über den ganzen Friedhof, bis hinüber zu den Kindergräbern. Er hatte die Stelle erst entdeckt, als seine Tante schon lange tot war und er ab und zu über den ganzen Friedhof spazierte, anstatt nur zu ihrem Grab und von dort direkt zurück nach Hause zu gehen. Die Kindergräber waren die buntesten. Anderswo hätte dieser Ort fröhlich ausgesehen, fast wie ein Spielzimmer im Freien. Erst wenn man die Inschriften las und die kleinen Sterne aus Papier, die an den Baum gebunden waren, musste man die Zähne zusammenbeißen. *Zwerg, wir lieben dich,* stand auf einem, oder *Es tut mir so leid, dass du es nicht geschafft hast.* Es war windstill, die Sterne hingen träge an ihren Schnüren. Er bemühte sich, keine Geräusche zu machen, so leicht wie möglich aufzutreten. Es stand immer nur ein Datum auf den Steinplatten, manchmal nur ein Monat und ein Jahr. Alle, die hier lagen, waren tot zur Welt gekommen, viele so früh, dass sie anderswo gar nicht bestattet wurden. Ein Körper musste ein bestimmtes Gewicht haben, um begraben zu werden, hatte er einmal gehört. War es zu wenig, was eine Frau tot aus sich hinauspresste, war es biologischer Abfall.

Grüß mir die Sterne. Dein Bruder.

Er setzte sich auf das Mäuerchen, das treppenförmig um den Bereich herumgebaut war. Alles war bunt, ein Garten aus Spielzeug. Überall standen kleine Figuren auf dem Boden, Engel und Zwerge vor allem, auch kleine Feuerwehr- und Polizeiautos, und es waren farbige Windräder in den Boden gesteckt. In der Mitte stand ein Häuschen, es sah aus wie ein Vogelhaus, viel Platz war nicht darin. Dicht an dicht saßen Teddybären und andere Stofftiere, ein roter Elefant drängte sich an ein hellgrünes Nilpferd. Ein Stück daneben stand ein Segel, blauer Stoff mit einem Leuchtturm darauf und fliegenden Möwen. Am Himmel keine Wolke.

Wieder fing er an zu rechnen, er konnte die Zahlen nicht mit den Daten zurückdrängen, die ihn hier umgaben. 45 Jahre, drei Monate und achtzehn Tage – er schloss die Augen, kramte in Gedanken seine Liste hervor. Er konnte sie spüren, sie war aus weißem 80-Gramm-Papier mit diesem leichten Gelbstich, den er so mochte. Er stützte sich, immer noch blind, mit beiden Händen auf dem Mäuerchen ab, und es gelang ihm, seine imaginäre Liste umzudrehen. Auf der Rückseite notierte er die Zahlen. Etwas enthielten sie, das er noch nicht wusste, er empfand das mit großer Sicherheit. Fragte man ihn, wie alt sein Vater gewesen war, als dieses Auto in seines gerast war, sagte er immer nur: »Fünfundvierzig.« Das genügte, hatte immer genügt; schon diese Zahl enthielt mehr Information, als man verarbeiten konnte. Jetzt wusste er es genauer, und vielleicht war es einfach das. Er öffnete seine Augen wieder, aber das Gefühl, dass da noch mehr war, ließ ihn nicht los.

Farnbach stand auf, ging einmal um die ganze Fläche herum und sah sich noch einen Stern an. *Dass es dir gut geht bei den Engeln. Du bist jetzt auch einer. Deine Mamma.* Das doppelte m war es, was ihm die Tränen in die Augen trieb. Er ging in die Hocke, strich mit der Hand über eine hölzerne Hundefigur. Dass es dir gut geht, dachte er. Dass es dir gut geht.

Er richtete sich auf und ging in einem großen Bogen zum alten Krematorium. Volthea stand neben der Treppe, noch immer seine Gießkanne in der Hand. Er winkte und sah in den Himmel. Auch Farnbach schaute nach oben. »Keine Schwalben«, rief er und schämte sich sofort für seine Lautstärke.

Volthea schüttelte den Kopf. »Die kommen noch«, sagte er. »Die kommen immer.«

Farnbach hob die Hand und setzte sich auf die Bank unterhalb des Gebäudes. Hier wurden schon lange keine Toten mehr verbrannt, aber das Haus stand noch. Hell und hoch, es diente ihm immer als Orientierungspunkt. Volthea ging in Richtung der Soldatengräber, und als Farnbach ihn nicht mehr sah, griff er nach dem Tabak in seiner Jackentasche. Zögerlich nahm er die Packung hervor, öffnete sie und roch an dem frischen Tabak, steckte ihn aber rasch zurück; auf dem Friedhof verbot er es sich immer.

45 Jahre, drei Monate und achtzehn Tage. Wieder standen diese Zahlen ihm vor Augen, und plötzlich war er auf der Spur. Hatte die Witterung von etwas aufgenommen, das er noch nicht sah, das aber nicht mehr weit weg sein konnte. Er schloss erneut seine Augen, und die Räder begannen sich zu drehen. 35 war er selbst, doch das genügte ihm jetzt nicht. Er spornte sich an, war immer stolz darauf, so etwas im Kopf hinzubekommen. Er bewegte seine Lippen, als er sich lautlos sein Geburtsdatum vorsagte, und war kurz versucht, es sich auf einem Grabstein vorzustellen. Er schob das Bild beiseite und rechnete. 35 Jahre, drei Monate und – er hielt inne,

begann von vorne. Aber er hatte sich nicht geirrt, es gab keinen Zweifel: achtzehn Tage. Er schluckte, machte die Augen weit auf und sah nach oben. Noch immer keine Wolke, noch immer keine Schwalbe. Dass die Kondensstreifen in der letzten halben Stunde nicht verschwunden waren, erleichterte ihn. »Volthea!«, sagte er, aber der war nicht zurückgekehrt. Eine alte Frau, viel zu warm gekleidet, kam gerade um das Krematorium herum und sah ihn an. Er lächelte und nickte, nahm sein Handy aus der Tasche, als könnte das erklären, warum er gerade so laut gesprochen hatte. Sie ging weiter, und er hatte den Eindruck, dass sie ihre Schritte beschleunigte.

Er stand auf und ging ebenfalls los, in die andere Richtung. Er hatte sein Telefon noch in der Hand, und gerade als er durch das Tor trat, vibrierte es wieder. Diesmal nahm er sofort ab. »Tanja«, sagte er, »ich bin bald zu Hause.«

»Joscha?« Er hörte Wasser rauschen und Geschirr klappern, wahrscheinlich hatte sie das Telefon zwischen Schulter und Wange geklemmt, während sie die Tassen und Teller von gestern Abend abwusch.

»Gleich«, sagte Farnbach, »es dauert wirklich nicht mehr lang.«

»Ja ja«, sagte sie und lachte, »alles gut. Hast du was getrunken mit deinem Kunden?«

»Genau zehn Jahre«, sagte er und blieb stehen. Er wandte sich der Friedhofsmauer zu, hinter ihm rauschte die Straße.

»Joscha«, sagte sie, »ich wollte dich nur –«

»Zehn Jahre«, wiederholte er, »auf den Tag genau. Dann bin ich so alt wie mein Vater war. Wie er geworden ist«, das war exakter.

»Dein Vater? Ist alles okay bei dir?«

Sie sagte noch etwas, aber das verstand er nicht. Zwei Busse waren an die Haltestelle gefahren und öffneten gleichzeitig ihre Türen. Er ging ein paar Schritte weiter. Die meisten würden sich in die andere Richtung bewegen, zur Universität, aber sicher war sicher. »Tanja«, sagte er, und jetzt verstand er sie wieder.

»Ich wollte dich nur fragen, ob du noch was einkaufen kannst. Auf dem Heimweg nachher.«

Farnbach erschrak, blieb wieder stehen. Seine Tüten lehnten noch an der Mauer, oben bei den Kindergräbern. Er hatte das Gefühl, dass alle ihn ansahen, so als stünde er ohne Hosen auf der Straße. Aber als er sich umwandte, war niemand da, der sich für ihn interessierte. »Natürlich«, sagte er, erleichtert. »Mach ich gerne.«

»Scheiße«, sagte Tanja, etwas fiel scheppernd zu Boden. Dann lachte sie wieder und zählte ihm schnell auf, was er besorgen sollte. Noch eine Liste, dachte er, aber diese hier war einfach zu verstehen.

»Das ist gut«, sagte Farnbach.

»Joscha?«

»Alles klar«, sagte er, »mach ich«, und drückte auf den Knopf.

Er drehte sich zur Straße und ließ den Verkehr an sich vorbeiziehen. Ein Lieferwagen bremste unvermittelt ab, ein Taxi überholte ihn hupend. Zehn Jahre, dachte Farnbach, genau zehn Jahre, und stellte sich vor, wie sein Vater mit einem Hut ausgesehen hätte. Wie er selbst das gefunden hätte, als Kind. Er überlegte, ob er einen Bus zurück in die Stadt nehmen sollte, aber der Weg war nicht weit, und er setzte sich zu Fuß in Bewegung. Währenddessen ging er Tanjas Liste durch, immer wieder, und blieb ab und zu stehen, um nach oben zu sehen. Eilig hatte er es nicht.

XIV.

Frau Krausner aus der Kreditorenbuchhaltung war der freundlichste Mensch, den David kannte. Sie war immer guter Stimmung, dabei zurückhaltend, aber zugewandt; bescheiden, ohne je mit ihrer Bescheidenheit zu prahlen. »Ich habe so viel geschenkt bekommen«, sagte sie, »ich habe jeden Grund, dankbar zu sein.«

Als sie Anfang 20 war, starb ihr erster Mann bei einem Autounfall. Er selbst hatte am Steuer gesessen, sie auf dem Beifahrersitz. Auf unerklärliche Weise war ihr nichts passiert, sie war ohne eine Schramme aus dem zerstörten Wagen gestiegen. Sie heiratete wieder, und wenig später brachte sie ihren Sohn zur Welt. Er wurde mit einem Herzfehler geboren, der als erblich galt. Daraufhin wurde auch sie untersucht, und tatsächlich stellte man ihr dieselbe Diagnose. Doch sie verspürte keinerlei Beeinträchtigung. Ihr Sohn starb mit 15 während des Schulsports, und die Ärzte sagten Frau Krausner kopfschüttelnd, dass es ein Wunder sei, dass sie noch lebe. Bis heute hatte sie keine Beschwerden. Ein paar Jahre nach der Katastrophe nahm ihr Mann eine Überdosis seiner Beruhigungstabletten, die er wochenlang nur vorgeblich geschluckt und in Wahrheit beiseitegelegt hatte. Sie erbte ein beträchtliches Vermögen, das ihr Mann ihr Zeit seines Lebens verheimlicht hatte.

»Ich habe so viel Glück gehabt«, sagte sie, »das ist mehr, als ein Einzelner verdient. Irgendwann«, sagte sie, »geschieht mir bestimmt etwas ganz Schreckliches. Davor habe ich Angst.«

VITALFUNKTION

Bormann hatte ihn gefragt, unvermittelt, und er hatte ja gesagt. Oder jedenfalls nicht abgelehnt, und das hatte genügt. Wenige Wochen später schon besuchte er den Kurs, ganze zwei Tage dauerte er, mit Theorie und Übungen und einer Art Prüfung, die nicht der Rede wert war. Jetzt hatte er ein Zertifikat in der Schublade, und *Ersthelfer* stand an seiner Tür, einfach ein Aufkleber neben seinem Namensschild.

Bormann gratulierte ihm, er meinte es völlig ernst; er war nicht der Typ, der bei der Arbeit Scherze machte. Die Kollegen jedoch verschonten ihn nicht. Von Leuthow meinte, die Sicherheit habe sich drastisch erhöht: »Alle passen höllisch auf«, sagte er, »von Ihnen will man nicht gerettet werden müssen.« Frau Markwarth lachte und sagte, Leute zu retten sei ja ohnehin nicht ihre Kernkompetenz. »Aber wenn ich mal bei einem Schuldner bin, kann ich Sie mitnehmen, oder? Wenn mir einer an die Gurgel will oder sich die Pulsadern aufschneidet, sind Sie gleich zur Stelle.«

Seit er im Unternehmen war, achteinhalb Jahre immerhin, war nie etwas passiert. Kein Schwächeanfall, kein Sturz die Treppe hinab und kein eingequetschter Finger in irgendeiner Tür. Dennoch machte Bormann etwas Großes aus der Geschichte. Fast feierlich überreichte er ihm den Verbandskasten, als sei es eine Ehre, ihn verwalten zu dürfen. »Über den wachen ab sofort Sie«, sagte er. Er sprach von Verantwortung und Tradition, und wirklich sah der Kasten ziemlich alt aus, auch wenn Jahn nicht einmal wusste, wer vor ihm Ersthelfer gewesen war. »Aber das wertvollste Stück verbleibt hier.« Damit trat Bormann an eine Schranktür, die einzige, in der ein Schlüssel steckte, und öffnete sie langsam. »Hoffen wir, dass dieses Schmuckstück nie zum Einsatz kommt.«

In dem Kurs hatten sie einander in die Seitenlage gebracht, die Arterie im Oberarm ertastet und für zwei, drei Sekunden abgedrückt, eine Puppe beatmet und ihr bei der Herzmassage virtuelle Rippen gebrochen. Einen Defibrillator aber hatten sie nur in einem kleinen Film zu sehen bekommen. Jahn blieb in der Halbdistanz; er wollte dem Gerät nicht näher kommen als der Leinwand in dem Kurs.

Bormann hob die Hand, als ob er noch etwas sagen wollte, deutete jedoch nur erneut in das Fach, nickte ein paar Mal und schloss den Schrank dann wieder. »Aber jetzt kommen Sie mit, wir wollen die Kollegen nicht warten lassen.«

Tatsächlich saßen alle schon in dem Besprechungsraum, Bormann legte großen Wert auf Pünktlichkeit. »Wer von Berufs wegen Säumigkeit anmahnt, darf seinerseits nicht zu spät kommen«, sagte er. »Nicht eine Minute.«

Es war Jahn unangenehm, an Bormanns Seite den Raum zu betreten. Er setzte sich ans andere Ende des Tisches und goss sich eine Tasse Kaffee ein. Ohne den Blick zu heben, rührte er Milch und etwas Zucker hinein und nippte daran. Der Kaffee war viel zu heiß. So leise wie möglich stellte er die Tasse zurück auf die Untertasse.

»Insolvenzen«, begann Bormann, so laut, dass alle den Kopf hoben. Er stützte sich mit beiden Händen auf der Tischplatte ab, wie in Bereitschaft aufzuspringen, sah jedem kurz in die Augen und legte los. Allgemeines zuerst, auch das schon mit Paragraphen und Statistiken unterfüttert, dann Beispiele aus der Branche und Gerichtsurteile, alles aus der jüngsten Zeit, und schließlich der konkrete Fall, um den es ging. Jahn wusste, wie Bormanns Vorträge aufgebaut waren, und er wusste, dass nun wieder eine seiner Phasen begann. Zwei, maximal drei Wochen dauerten sie, dann wurde er wieder stiller und zurückhaltender. Blasser. Meistens wurde er sogar krank, blieb für ein paar Tage zu Hause und war, wenn er wiederkam, eine Zeit lang weicher und nachsichtiger. Die Phasen wurden zuletzt immer kürzer, die Intervalle ebenfalls. Die Standardthemen seiner Monologe waren die wirtschaftliche und gesellschaftliche Verantwortung des Inkassos – »Fünfzehn Milliarden Liquidität, die in den Kreislauf zurückgeführt werden«, sagte er, »so sichern wir Arbeitsplätze« – und der Mittelstand als Kunde: »Noch mal fünfzehn Milliarden, die verschenkt werden, liebe Kollegen, jedes Jahr, bloß durch Forderungsverzicht wegen mangelnder Organisation oder fehlender Kapazitäten.« Diesmal also waren es Insolvenzen, ein Amalgam aus beiden Themen. Eine Verallgemeinerung und Zuspitzung zugleich. Ein Gartencenter, Kunde seit Jahren, war insolvent; das Verfahren lief, das Mandat war erloschen. Der Inhaber rief trotzdem an, fast täglich sogar. »Ein Trinker«, sagte Bormann, »ich kann ihm immer nur dasselbe sagen. Aber er hört mir nicht zu. Oder er versteht nicht, was ich sage.« Er veränderte seine Haltung, zum ersten Mal seit Beginn des Vortrags, lehnte sich zurück und wirkte kleiner als zuvor. Er nahm sich eine Tasse und schenkte sich Kaffee ein. Niemand gab einen Laut von sich. Als Bormann nach einem Löffel griff und umrührte, obwohl er weder Milch noch Zucker hineingegeben hatte, sah er plötzlich traurig aus. »Auch das ist Teil unserer Arbeit«, sagte er. »Bonitätsprüfung ist immer auch Charaktertest.« Er trank einen Schluck, schloss seine Augen, als er die Tasse abstellte. »Und deshalb« – er streckte sich wieder, wuchs zu alter Größe an und fixierte Jahn – »werden wir ab sofort unser Factoring ausbauen.«

Die Blicke aller folgten denen Bormanns, Jahn sah sich vierzehn Augenpaaren gegenüber. Er legte beide Hände auf die Tischplatte, schob die Kaffeetasse ein Stück von sich weg.

»Ich«, begann er und räusperte sich. Dass Bormann so etwas verkündete, ohne vorher unter vier Augen darüber zu sprechen, war ungewöhnlich. Eigentlich war Bormann Anwalt, promovierter Jurist, hatte in einer mittelgroßen Kanzlei das Forderungsmanagement besorgt und sich irgendwann selbstständig gemacht. Seine Beitreibungsquoten waren immer außergewöhnlich gewesen, das war bekannt, ohne dass er selbst es erzählen musste. Jedem neuen Mitarbeiter sagte er, wie viel Wert er auf die Verantwortung lege, die mit seiner Position einhergehe – dem Mandanten gegenüber, den Schuldnern und nicht zuletzt den Mitarbeitern. Er erwarte viel, sagte er, von allen, und er sei bereit, dafür seinerseits mehr als das Nötige zu geben. Jahn hatte er eingestellt, damit der sich ausschließlich um den Handel mit abgetretenen Forderungen kümmerte. Das Hauptgeschäft des Büros aber waren immer Recherchedienste geblieben, Bonitätsprüfungen sowohl von Schuldnern als auch von Gläubigern, klassische Beitreibungen und die Kommunikation mit den Gerichten. Jahn übernahm nur ausgemahnte oder sogar titulierte Forderungen; er wurde erst tätig, wenn die Kollegen ihre Arbeit bereits getan hatten. Das wollte Bormann nun ändern.

Er schien zu merken, dass Jahn nicht wusste, wie er reagieren sollte. »Verstehen Sie«, sagte er, zum Glück in die ganze Runde, »ich will auch mit Sicherheiten handeln. Dass Geld nicht stinkt, stimmt nur, solange ihm nicht der Geruch von Angst anhaftet.«

Er sprach noch etwas weiter, wieder allgemeiner jetzt, und Jahn war endlich in der Lage, etwas Vernünftiges von sich zu geben. Er sagte, dass er die Entscheidung begrüße und selbstverständlich seinen Teil dazu tun werde, sie umzusetzen. Er wusste, dass mehr Arbeit auf ihn zukommen würde, mehr Akquise und Kundengespräche. Er würde noch enger mit von Leuthow und der Markwarth zusammenarbeiten müssen; sie würden ermitteln, welche Firmen Liquiditätsbedarf hätten und eventuell auch bereit wären, gesicherte Forderungen abzutreten. Um Außenstände schneller zu Geld zu machen, um ihre Eigenkapitalquote zu erhöhen, ihrerseits kreditwürdiger zu werden. In der Theorie war ihm das alles klar.

»Also dann«, sagte Bormann, trank seinen Kaffee aus und sah auf seine Armbanduhr: »Guten Appetit allerseits.«

Jahn ließ sich Zeit, blieb noch etwas sitzen. Aber Bormann ging mit den anderen hinaus, drehte sich in der Tür nur noch einmal um und sagte: »Keinen Hunger, Herr Jahn?« Damit verschwand er.

Jahn trank seine Tasse leer, der Kaffee war lauwarm und schmeckte bitter. Vom Flur her hörte er Gelächter und sich rasch entfernende Schritte. Er fragte sich, ob er sich in letzter Zeit zu sehr versteckt hatte. Ob sein Bemühen um Unauffälligkeit zu auffällig gewesen war. Er ging in sein Büro und schloss die Tür. Hunger hatte er tatsächlich keinen. Er nahm nur das Knäckebrot aus der Schublade, von dem er immer mindestens zwei Packungen vorrätig hatte, und aß einen Apfel dazu. Er öffnete eine Streamingseite und hörte Musik, leise, wahllos, ohne sich darauf zu konzentrieren. Die Luft im Büro war verbraucht, er war plötzlich müde, glaubte zu spüren, dass er allein auf der Etage war, der Einzige, der seine Pause drinnen verbrachte. Er legte ein angebissenes Stück Knäckebrot auf den Tisch und bettete seinen Kopf auf den verschränkten Unterarmen. Die Musik entfernte sich langsam, aus einzelnen Liedern wurde ein watteweiches Gesamtgeräusch. Jahn schloss die Augen, tauchte ab in die Dunkelheit, die hinter seinen Lidern auf ihn wartete.

»Herr Jahn?«

Er schreckte hoch, stieß mit dem Fuß gegen seinen Rechner und fegte versehentlich das Stück Brot vom Schreibtisch. »Ich – was …?« Hektisch schloss er den Browser.

Von Leuthow lachte und zog die Tür hinter sich zu. Immerhin, Bormann war nicht dabei, nur Frau Markwarth hatte sich noch hereingedrängt. Jahn hatte das Gefühl, lange geschlafen zu haben. Der Schreck hatte ihn hellwach gemacht, er sah auf die Uhr. Eine halbe Stunde war vergangen.

»Lange Nacht gehabt«, fragte von Leuthow. »Wie heißt denn die Glückliche?« Er kam einen Schritt näher, beugte sich vor: »Sie haben doch nicht etwa für Ihre neue Rolle geübt – ein paar Doktorspiele, Herr Jahn?«

Die Markwarth lachte, und Jahn verdrehte die Augen. Von Leuthow stellte sich wieder gerade hin, er räusperte sich und richtete seinen Krawattenknoten. Wie im Film, dachte Jahn; ein Schauspieler, der die Anweisung erhält, Verlegenheit zu mimen.

»Apropos neue Rolle«, sagte die Markwarth. Sie warf von Leuthow einen Blick zu. »Wussten Sie Bescheid über Bormanns Pläne?«

»Nein«, sagte Jahn. »Sie?«

Beide schüttelten den Kopf, zuckten die Schultern. »Da kommt was auf uns zu, nicht wahr. Wir sollten uns abstimmen.«

»Warten Sie, ich hol uns Kaffee.« Von Leuthow ging hinaus, zu schnell für Jahn, um darauf zu reagieren.

Er wusste nicht, was er sagen sollte, und schwieg Frau Markwarth an. Sie schaute mal zu ihm, mal aus dem Fenster, souverän, wie er fand, und erzählte, wo sie in der Pause gegessen hatten. »Sollten Sie mal probieren«, sagte sie. »Der Fisch ist nicht schlecht.«

Mit dem Fuß bugsierte Jahn das Stück Knäckebrot unter den Schreibtisch. »Danke für den Tipp«, sagte er, »klingt gut.«

Von Leuthow kam herein, ein kleines Tablett in der Hand, darauf drei Espressotassen. Er schloss die Tür wieder und sagte, noch während er die Tassen auf den Tisch stellte: »Hast du ihm schon von Pumpen-Schober erzählt?«

»Noch nicht.« Die Markwarth nahm eine Tasse, nippte sofort daran und wandte sich an Jahn. »Die Firma Schober ist der Schuldner eines Mandanten. Ein Pumpenhersteller mit eigenem Direktvertrieb. Könnte ein guter Einstieg sein. Stellt das ganze Sortiment her, Gartenpumpen, Membranpumpen, Dosierpumpen. Tauchdruckpumpen, alles. Im Grunde ein solides Geschäft, aber« – sie machte mit der linken Hand ausladende Gesten, während die rechte unbewegt die Tasse hielt – »letztlich doch nur ein mittelständischer Chaotenhaufen.«

Alle drei setzten sich, und während die Markwarth sprach und Jahn sich alle Mühe gab, sich auf ihre Ausführungen zu konzentrieren, wirkte von Leuthow wie ein Kind in einem Wartezimmer. Er spielte an der Espressotasse herum, die längst leer war, hob ein paar Mal seine Krawatte an und ließ sie wieder fallen und griff schließlich nach einem Blatt Papier, das auf Jahns Schreibtisch lag. Er las nicht, was darauf stand, sondern rollte es nur auf und schlug sich mit der Rolle sachte auf den Oberschenkel. Dazu wippte er mit dem Fuß und rutschte auf seinem Stuhl hin und her.

»Kurzum«, sagte die Markwarth, »die sind nicht in ernsthaften Schwierigkeiten, aber sie kriegen's auch nicht richtig hin. Könnte doch ein Fall für Sie sein, oder?«

Von Leuthow hob das Papier und spähte hindurch wie durch ein Fernrohr. Dann hielt er es an seinen Mund und sagte: »Was denken Sie, Herr Ersthelfer, ist das nicht Ihre große Chance?«

»Meine Güte, Max, was ist denn los mit dir. Der Wein zum Fisch war doch ein bisschen viel am Mittag, was?«

Jahn wusste, dass er etwas sagen sollte. Ein normales Gespräch führen, um die beiden wieder loszuwerden. Aber er brachte kein Wort heraus.

»Eine Alkoholvergiftung, Hilfe!« Von Leuthow griff sich ans Herz, dann an den Bauch, verdrehte die Augen und ließ seine Zunge heraushängen. »Hilfe, Herr Doktor, Sie müssen mich retten.«

»Frau Markwarth«, begann Jahn, »ich glaube, wir sollten«, da sprang von Leuthow auf und blieb wenige Zentimeter vor Jahn stehen. Er rollte das Blatt noch fester zusammen und fuchtelte vor Jahns Gesicht damit herum. »Wo sehen Sie sich in fünf Jahren, Herr Superjahn«, sagte er. »Jetzt, da Sie groß rauskommen – ach was, in drei Jahren. Nein, in fünf Monaten. In fünf Minuten?!« Mit großen Augen wandte er sich an die Kollegin: »Frau Markwarth, Sie haben mit Herrn Jahn zusammengearbeitet, als ihn noch niemand kannte. Was für ein Mensch war er? Wie hat es sich angefühlt, in seiner Nähe zu sein.«

Die Markwarth lachte nicht mehr. Sie erhob sich, blickte genervt zur Tür. »Vielleicht sollten wir später reden.« Sie ging an von Leuthow vorbei, der eine Hand auf ihren Arm legte. Sie stieß ihn weg, sagte etwas Unverständliches und ging hinaus.

Von Leuthow stand unbewegt da, als ob er überlegen müsste, wo er sich eigentlich befand. Er wandte sich noch einmal zu Jahn, machte den Mund auf, ohne etwas zu sagen, und wedelte mit dem Papier direkt vor seiner Nase herum. Jahn hob beide Hände, und von Leuthow traf ihn. Erst spürte Jahn nichts, dann kam der Schmerz, ein dünnes, giftiges Gefühl. Von Leuthow kicherte, und Jahn betrachtete seine Hand. Es war eine Schnittwunde, erstaunlich lang für das bisschen Papier. Langsam trat Blut aus der Wunde, ein feiner roter Strich.

»Sorry«, sagte von Leuthow und legte das Blatt auf den Schreibtisch. Wieder fasste er sich an die Krawatte. »Tut mir leid, das – tut es weh?«

Jahn setzte sich. Der rote Strich wurde dicker und dunkler. Ihm schoss durch den Kopf, was sie in dem Kurs über Schnittwunden gesagt hatten. Über die Haut, die an den Händen besonders dünn war. Sehnen, Muskeln, Nerven und Blutgefäße lagen gleich darunter und konnten schnell mit verletzt werden. Er hob die Hand auf Schulterhöhe, über das Herz.

Von Leuthow sah ihn eher skeptisch als schuldbewusst an. »So schlimm wird es nicht sein, oder?«

Jahn fiel ein, was der Kursleiter gesagt hatte. Eine starke Blutung sprach für eine tiefe Verletzung, und das barg die Gefahr von Infektionen. Das Blatt Papier hatten schon mehrere Leute in ihren Fingern gehabt, wer wusste schon, wo sie vorher gewesen waren, wann sie sich zuletzt die Hände gewaschen hatten. Jahn glaubte zu spüren, wie das Blut ihm aus dem Kopf sank und aus der Wunde troff. Er öffnete die Schublade, in der der Verbandskasten lag.

»Ich glaube«, sagte von Leuthow, hob beide Hände und ging hinaus.

Mit einer Hand gelang es Jahn erst nach mehreren Versuchen, den Verbandskasten zu öffnen. Immer hektischer fummelte er an Mullbinden und Pflastern herum, die so dicht in den Kasten gepackt waren, dass sie nur schwer herauszuholen waren. Schließlich schaffte er es und merkte, dass die Wunde kaum noch blutete. Er war froh, allein zu sein. Er schnitt eine Packung auf und klebte sich ein breites Pflaster auf den Handrücken. Einige Minuten saß er reglos auf seinem Platz, dann machte er sich wieder an die Arbeit. Zum Glück kamen nur wenige Anrufe. Er verließ sein Büro erst am Nachmittag wieder.

In den nächsten Tagen war Bormann außer Haus. Kundenbesuche, Gerichtstermine, ein Kongress in Berlin. Jahn machte weiter wie bisher, suchte auch mit von Leuthow und der Markwarth keinen Kontakt. Er wollte erst mit Bormann sprechen.

An einem Mittwochmorgen kam er wieder, direkt aus Berlin. Er zog seinen Rollkoffer hinter sich her, trug Anzug und Mantel, Krawatte wie immer, ein Einstecktuch. Jahn konnte nicht sagen, warum er so anders aussah. Er wirkte blass, das wohl, und seltsam fahrig, ohne dass er ein einziges Wort gesagt hatte. Vor seinem Büro hielt er einen Moment inne, bevor er die Tür öffnete und hineinging.

Jahn wartete eine Weile ab, dann ging er zu ihm. Er wollte so schnell wie möglich Klarheit haben, wissen, was Bormann vorhatte. Was genau er von ihm erwartete. Bormanns Sekretärin hatte Urlaub, Jahn stand ein paar Minuten im leeren Vorzimmer. Die Tür zum Büro war geschlossen, man hörte Bormann telefonieren. Offenbar ging er dabei auf und ab, seine Stimme schwoll an, er sprach sowohl schneller als auch lauter, erregter, dann ebbte sie wieder ab, und zwischendurch herrschte für einige Sekunden Stille. Worum es ging, konnte Jahn nicht verstehen, er hielt Abstand zu der Tür. Immer wenn Bormann lauter wurde, trat Jahn einen halben Schritt zurück, und sobald Stille einkehrte, näherte er sich der Bürotür wieder. Er überlegte bereits, ob er nicht doch zurück an seinen Platz gehen und etwas später erst wiederkommen sollte, als Bormann auflegte. Mit einiger Wucht ließ er das Telefon auf die Station krachen. Jahn ging zögerlich einen Schritt nach vorne, wartete ab. Ihm war, als ob er Bormann heftig atmen hörte, dann jedoch war wieder alles still, und im nächsten Moment vernahm Jahn ein Geräusch, das er nicht zweifelsfrei deuten konnte; als ob Papier zerknüllt wurde, vielleicht.

»Herr Doktor Bormann?« Jahn trat näher, wiederholte seine Anrede. Er sprach direkt gegen die Tür. Zunächst kam keine Antwort, dann eine Art unterdrücktes Husten oder sogar Röcheln. Jahn öffnete die Tür und begriff sofort, was los war. Noch stützte Bormann sich auf der Tischplatte ab, doch er war dabei zusammenzubrechen. Wie in Zeitlupe sank er zu Boden, die Augen weit geöffnet, der Blick voller Angst und Unverständnis. Jahn war in zwei großen Schritten bei ihm, er sprach sofort beruhigend auf ihn ein. Er stützte ihn, zog sein eigenes Jackett aus und formte daraus ein Kissen. Er öffnete Bormanns Krawatte und Hemdkragen, strich ihm über die Stirn, während er leise und so ruhig wie möglich sagte, dass alles gut werde. Ihn fragte, was geschehen sei. Doch Bormann konnte nicht sprechen, er hatte Mühe, Luft zu holen. Er hob seine rechte Hand, fasste sich erst an die Brust und dann Jahn an den Hals. Die Angst in seinen Augen wurde noch größer, durchmischt mit maßlosem Erstaunen. »Okay«, sagte Jahn, »in Ordnung, einen Moment«, erhob sich, nahm das Telefon, wählte den Notruf und gab durch, was nötig war. Keine Hektik, kein Wort zu viel. Wo was geschehen war, nur ein Betroffener, ein Mann Ende fünfzig, welche Symptome er zeigte; Atemnot, der Griff an die Brust, an der Grenze zur Bewusstlosigkeit. »Warten«, sagte er, »ich werde hier auf Sie warten, das Büro ist im zweiten OG. Die dritte Tür auf der rechten Flurseite.«

Jahn legte auf, gab unten am Empfang Bescheid. Er fühlte Erregung und ein Übermaß an Ruhe zugleich. Er ging neben Bormann auf die Knie, sagte, dass gleich Hilfe komme und nichts Schlimmes passiert sei, da verdrehte Bormann seine Augen, und sein ganzer Körper verkrampfte sich für einen Moment. Jahn wusste, was geschehen war, ohne dass er es hätte formulieren können. Er suchte Bormanns Puls, am Handgelenk zunächst, dann am Hals, fand aber nichts. Kein Atem mehr, kein Blick in den Augen. Jahn griff nach der Schere auf Bormanns Schreibtisch, schnitt ihm die Krawatte vom Hals, riss das Hemd auf, durchtrennte das

Unterhemd. Die Brust war unbehaart, das überraschte Jahn. Aber er wusste, dass es gut war so, er öffnete das Schrankfach und holte den Defibrillator heraus. Er sah den Film vor seinem Innern ablaufen, er selbst spielte diesmal die Hauptrolle. Er zog an der gelben Lasche, der Deckel ging auf, darin waren die Haftkontakte mit den Kabeln befestigt. Er steckte das schwarze Kabel in das Gerät, klebte Bormann die beiden Kontakte auf die Brust. Das Gerät startete, Jahn wusste, dass es eine automatische Diagnose durchführte und ihm gleich Anweisung geben würde. Er hockte dort, neben seinem Chef, und wartete, bis die Maschine mit ihm sprach. Als es so weit war, drückte er auf den Knopf und löste den ersten Schock aus. Er hielt Abstand, sah zu, wie der elektrische Strom den Körper durchzuckte. Er selbst stöhnte auf, Bormann gab keinen Laut von sich. Die Prozedur wiederholte sich dreimal, dann standen die Sanitäter in der Tür. Jahn hatte sie nicht kommen hören, doch auch jetzt reagierte er blitzschnell. Er stand auf, sagte knapp und präzise noch einmal, was geschehen war und was er getan hatte, dann trat er zur Seite und verließ schließlich das Büro. Im Vorzimmer setzte er sich, er merkte nun erst, dass sein Hemd nass war von Schweiß und die Haare ihm auf der Stirn klebten. Seine Hände begannen zu zittern, er spürte die Schnittwunde wieder.

»Okay«, sagte er, »in Ordnung, einen Moment«, stand auf und ging in sein Büro. Er schloss die Tür, öffnete das Fenster und atmete die frische Luft in tiefen Zügen ein. Er sah zu, wie Bormann unten in die Ambulanz getragen wurde und der Wagen mit Blaulicht und Sirene davonfuhr. Es klopfte an seiner Tür, er ignorierte es. Lange stand er dort am Fenster und ging noch vor dem Mittag nach Hause.

In den nächsten Tagen sprachen alle nur von Bormann, der Betrieb stand im Grunde still. Manche gratulierten Jahn und fragten ihn aus, wollten alles mehrmals erzählt bekommen, jede Einzelheit der Geschichte. Andere hielten Abstand zu ihm, fast ehrfürchtig schwiegen sie aus sicherer Distanz. Am Wochenende war Jahn erschöpft und noch immer erregt. Er ging stundenlang spazieren, durch die Stadt, in den Wald, am Fluss entlang. Immerzu war er müde, aber schlafen konnte er nicht.

Am Montag kam Bormanns Sekretärin zu ihm und sagte, ein Anruf aus dem Krankenhaus habe sie erreicht. »Der Herr Doktor Bormann möchte Sie sehen, Herr Jahn.« Ihr Lächeln wirkte anerkennend, stolz sogar. »Sie sind der Einzige hier, der ihn besuchen soll.«

Bormann hatte ein Einzelzimmer, es war zu warm, roch aber frisch und sauber. Eher wie im Hotel denn wie im Krankenhaus. Zwei Blumensträuße standen auf dem Bettschrank, eine Packung Pralinen lag unberührt zwischen den Vasen. Durch das Fenster fiel weiches, angenehmes Licht.

»Herr Jahn.« Bormanns Stimme war schwach, seine Haut blass, doch ein Lächeln brachte er zustande. Er deutete auf den Stuhl neben seinem Bett, und Jahn nahm Platz. Bormann sprach so leise, dass er sich immer wieder vorbeugen musste, um ihn zu verstehen.

»Die Ärzte sagen, dass Sie mich gerettet haben. Dass Sie mir das Leben –« Er schloss seine Augen für einen Moment, befeuchtete mit der Zunge seine Lippen. »Wissen Sie was, Herr Jahn. Ich war schon fort. Ein paar Sekunden war ich weg.«

Jahn umfasste mit beiden Händen die Stuhllehnen. Er spürte, wie auch sein Mund trocken wurde.

»Aber –« Bormann deutete ein Kopfschütteln an. »Es gibt so viele Geschichten, nicht wahr. Alle erzählen immer, das ganze Leben ziehe an einem vorüber und man … bewege sich auf ein Licht zu. Alles sei schön und leicht und verklärt.« Noch ein Kopfschütteln, die Zunge fuhr wieder über die Lippen. »Doch da war nichts, Herr Jahn. Gar nichts. Kein Leben und kein Licht. Keine Bilder. Nur ein Schmerz und ein Schreck und dann: Erleichterung. Endlich, das habe ich gedacht. Das war's«, sagte Bormann. »Das war alles.«

Jahn lehnte sich zurück, hielt sich noch immer an den Lehnen fest. Bormanns Gesicht war unbewegt, Jahn wusste, dass er nichts weiter zu sagen hatte. Sie schwiegen, einige Minuten blickten beide vor sich hin, ohne sich zu rühren. Schließlich erhob sich Jahn, umfasste mit beiden Händen Bormanns Linke, in die kein Infusionsschlauch führte, und ging langsam aus dem Zimmer. Leise schloss er die Tür, ging grußlos am Schwesternzimmer und unten am Empfang vorbei, die Beine schwer und kraftlos, und fuhr nach Hause. Sein Rechner im Büro war noch angeschaltet, es war ihm egal. Er rief Bormanns Sekretärin an und sagte, dass er Urlaub nehme. »Eine Woche«, sagte er, »dann sehen wir weiter.«

Jeden Abend stellte Jahn seinen Wecker auf sechs Uhr fünfzehn, machte ihn morgens aus, ohne die Augen zu öffnen, und war überzeugt davon, nie wieder früh aufstehen zu können. Schon das Zähneputzen und das Kaffeekochen strengten ihn an. Er verbrachte die Tage auf dem Sofa, ging nicht einmal nach draußen, um nach der Post zu sehen.

Doch am Montag darauf – er hatte in der Nacht fast nicht geschlafen – stellte er morgens den Wecker aus, stand auf, im Dunkeln noch, rasierte sich, zog sich an und ging zur Arbeit. Er war pünktlich im Büro, wie immer, und er starrte eine Weile den leeren Bildschirm an, bevor er anfing zu arbeiten.

XV.

»Was hast du?«, fragte sie.

Es waren seine eigenen Sachen, die er anstarrte. Sein T-Shirt, seine Hose, die Kleidung, in der er geschlafen hatte. Ein großes Handtuch, das Kissen und die Bettdecke, das aufgeschlagene Buch auf dem Fußboden, die leere Wasserflasche daneben. Eine Schachtel Kopfschmerztabletten und ein zerknüllter Kassenzettel. Eine Sekunde, weniger vielleicht, hatte er sich selbst dort liegen sehen, die Wärme gespürt, die das Bett noch ausstrahlte, und dabei gefröstelt. Das war er, der dort gelegen hatte und jetzt nicht mehr dort lag.

»Was ist denn los mit dir?«

Manchmal, wenn man plötzlich etwas begreift, ist es, als wäre man schon auf der anderen Seite; blicke hinüber, zurück auf das eigene Leben, das sichtbar wie ein Traum, aber in unerreichbarer Ferne ist. Manchmal kann man ohnmächtig werden unter der Masse der Erfahrungen, die man niemals machen wird.

»Mein Gott, David, was hast du denn?« Sie war lauter geworden, einen Schritt näher getreten.

Doch er lächelte nur und hatte Mühe, seinen Blick auf Jana scharf zu stellen.

GERÜCHTE

Vier Wochen war Kerner außer Gefecht gewesen, länger als je zuvor, und nun, ausgerechnet am ersten Tag, an dem er wieder arbeitete, hatte von Felden sich krankgemeldet.

Die beiden gingen jeden Mittag gemeinsam essen. Von Felden war der Einzige, mit dem ihn mehr verband als derselbe Arbeitgeber. Mit dem er hin und wieder ein paar persönliche Worte wechselte. Jedes andere Gespräch mit Kollegen, das über rein Berufliches hinausging – und war es noch so kurz: ein paar Worte auf dem Flur, auf dem Weg zur Toilette –, strengte ihn an. Es verlangte ihm Kraft und Ausdauer ab, den Berichten über Urlaube, Autopannen, Geburten und Hochzeiten fremder Freunde zuzuhören. Natürlich wusste er, dass er nicht besonders beliebt war; das war unter diesen Umständen nicht möglich. Er galt als verschlossen und zurückgezogen, manchen wahrscheinlich als humorlos. Er war ein Einzelgänger.

Auf dem Weg in die Kantine nickten ihm viele zu, sahen ihn im Fahrstuhl und in den Gängen überrascht an oder fragten ihn sogar, ob es ihm endlich wieder besser gehe; er sei so lange fort gewesen. Er antwortete höflich, aber knapp, bedankte sich für ihre Nachfragen. Tatsächlich war auch ihm die Zeit sehr lang erschienen. Es hatte alles mit einer harmlosen Erkältung begonnen, aber als das Fieber und der schmerzhafte Husten eingesetzt hatten, war er zum Arzt gegangen. Die Lungenentzündung war nicht stark gewesen, aber immerhin. Ein paar Mal hatte er daran denken müssen, dass die Menschen früher daran gestorben waren. Er war mit Antibiotika behandelt worden und hatte die meiste Zeit im Bett verbracht. Vier Wochen lang.

»Guten Tag, Herr Kerner«, grüßte ihn die Frau in der Kantine. Ihren Namen kannte er nicht. Sie stand hinter der Theke und bediente jeden mit derselben lebhaften und gleichgültigen Freundlichkeit. Woher sie wusste, wie sie alle hießen, war Kerner ein Rätsel. Er hatte sich ihr nie vorgestellt.

»Gericht Nummer zwei, bitte«, sagte er, »mit Nudeln, wenn das möglich ist.« Er stellte den Teller, den ihm die Frau mit einem Lächeln reichte, auf sein Tablett, füllte sein Glas an dem Automaten mit Mineralwasser und ging zur Kasse. Er spürte, dass viele ihn ansahen, und es war ihm unangenehm. Wahrscheinlich rechneten sie nach, wie lange sie ihn nicht gesehen hatten.

Er suchte sich einen Platz am Fenster, sodass er hinaussehen konnte und nicht mitten im Raum saß. Die Kantine war nicht sehr groß, ein vor vielen Jahren weiß gestrichener Raum mit Linoleumfußboden und etwa fünfzehn einfachen, robusten Tischen darin. Er stellte sein Tablett auf den Tisch, an dem sonst niemand saß, hängte sein Jackett über den Stuhl und begann zu essen: panierte Hähnchenbrust mit einer Sauce, die braun war, sonst nichts. Dazu verkochte Spirelli.

Neben seinem Tisch stand ein Kübel mit Pflanzen. Sie waren blütenlos, hatten lange grüne Blätter und sahen ein wenig aus wie Palmen. Kerner hörte durch die Blätter hindurch zwei Männer, die sich unterhielten, während sie aßen. Ihre Stimmen kannte er nicht.

An dem Tisch zu seiner Rechten saßen drei Frauen. Kerner kannte auch ihre Namen nicht, wusste aber, dass sie die Sekretärinnen der Verkaufsleiter waren. Sie waren alle ein wenig älter als er, zwischen vierzig und fünfzig, und sahen sich so ähnlich, dass in der Firma Witze darüber gemacht wurden. An diesem Tag trugen sie alle helle Hosen und dunkle Blazer, so als hätten sie sich abgesprochen. Kerner hörte, dass sie über das Essen sprachen. Über das Essen kann man immer sprechen, dachte er und war beinahe erleichtert, dass er darüber nichts zu sagen hatte. Er aß langsam weiter.

Ohne es wirklich zu wollen, hörte er nach einigen Minuten wieder, was die beiden Männer hinter den Palmen, oder was auch immer es war, sich zu sagen hatten. Sie sprachen nicht sehr laut, es wirkte so, als dämpften sie absichtlich ihre Stimmen. Sie redeten über Kollegen. Kerner verstand nicht jedes Wort, aber er merkte doch, dass sie Neuigkeiten austauschten. Vielleicht *entstanden* auch gerade welche. Gerüchte kursierten immer in der Firma, das bekam er mit, ob er es wollte oder nicht, und es war einer der Gründe dafür, dass er Privates nicht erzählt bekommen wollte.

Einmal hatte er gehört, er sei von seiner Frau geschieden, woraufhin er sich einen Spaß daraus gemacht hatte, eine Woche lang ohne Ehering in der Firma zu erscheinen. Als er den Ring dann wieder getragen hatte, hatte er geglaubt, in den Gesichtern seiner Kollegen die Verblüffung zu sehen, aber auch die Erleichterung darüber, dass sie nun anscheinend von der Pflicht entbunden waren, betroffen zu sein. Nach wenigen Tagen schienen sie das Interesse verloren zu haben. Sie fragten ihn niemals, was geschehen sei.

Wie immer nach dem Essen, war er müde. Er hatte noch sein Dessert auf dem Tablett stehen, wahrscheinlich einen Pudding, und er wollte gerade aufstehen, um sich eine Tasse Kaffee zu holen, als er plötzlich seinen Namen hörte. Die beiden Männer sprachen genauso leise weiter wie bisher, sie schienen nicht bemerkt zu haben, dass Kerner neben ihnen saß, von ihnen getrennt nur durch die Blätter dieser Pflanze.

»Schlimm«, sagte einer der beiden, »wirklich schlimm«, ohne dabei entsetzt oder auch nur besorgt zu klingen, was an der gedämpften Sprechweise liegen mochte.

»Ich habe auch so was gehört«, sagte der andere. »Weißt du, was es ist?«

Der, der zuerst gesprochen hatte, machte ein Geräusch, das wohl Zustimmung ausdrücken sollte. Es war derjenige, der näher an Kerner saß, mit dem Rücken zu ihm. Er machte eine Pause.

»Und?«, fragte der andere.

»Krebs. Die Lunge. Er hat nie etwas gesagt, aber es scheint schlecht auszusehen. Wird wohl nicht mehr lange gut gehen.«

»Mann, Mann, Mann, es kann so schnell gehen«, sagte der andere, dann schmatzte er und legte ziemlich laut sein Besteck auf das Tablett.

Kerner glaubte, sein eigenes Herz schlagen zu hören. Er schaute durch die Blätter auf die Männer, fixierte kurz die Pflanze selbst und wandte seinen Blick dann zum Fenster. Mit weit geöffneten Augen schaute er hinaus, ohne etwas zu sehen. Er nahm den Löffel in die Hand, legte ihn aber sofort zurück auf das Tablett. Den Pudding rührte er nicht an.

Schließlich stand er auf, ließ alles auf dem Tisch stehen und verließ die Kantine, blass wie ein Toter.

In seinem Büro schloss er die Tür, drehte sogar den Schlüssel im Schloss herum, etwas, das er noch nie getan hatte, und setzte sich an seinen Schreibtisch. Noch einmal war es ihm, als hörte er die Männer über sein Ende sprechen. Dann nahm er einen Zettel und einen Kugelschreiber in die Hand und wartete eine Sekunde, bis er den Stift ruhig halten konnte. In kleinen Buchstaben schrieb er: Tobias Kerner. Ich–

Er ließ den Stift fallen und stand auf. Er hatte plötzlich das Gefühl, mehr Sauerstoff zu benötigen. Er riss das Fenster so weit wie möglich auf und beugte sich hinaus. Sein Gesicht war ganz in der frischen Luft, seine Augen geschlossen. Er atmete langsam und tief, durch Mund und Nase gleichzeitig.

Tobias Kerner. Ich– Der Zettel lag auf seinem Schreibtisch wie ein unversandter Brief. Für einen Moment empfand er das Bedürfnis, die Worte für alle hörbar aus dem Fenster zu rufen oder einfach laut und wortlos nach draußen zu schreien, wie ein Säugling bei der Geburt.

Er schloss das Fenster wieder. Er ging langsam an seinen Platz, zögerte aber, als er vor seinem Schreibtisch stand. Anstatt sich zu setzen, kehrte er um und ging noch einmal zurück zum Fenster. Diesmal öffnete er es nur einen Spalt weit, gerade genug, um etwas von der frischen Luft hereinzulassen.

Dann drehte er sich um. Er ging langsam die wenigen Schritte und setzte sich auf seinen Stuhl, zurück an seinen Schreibtisch, seine Arbeit, während er spürte, wie die kühle Luft in sein Zimmer strömte.

XVI.

»Ach du Scheiße«, rief Agnes, »15 Tote!«

Alle standen auf, stellten sich hinter Agnes, sahen auf ihren Bildschirm. Brandner, Miriam, selbst Meinert; jeder las halblaut die Nachricht vor, ein sanfter, murmelnder Katastrophen-Kanon. David verstand nicht alles, schließlich erhob auch er sich und ging hinüber. Alarmiert, ein Vorgefühl des Schreckens, das eher kitzelte als wehtat. Agnes scrollte nach unten, mehrere Bilder von einem völlig zerstörten Zug füllten den Bildschirm, Rettungskräfte, Polizeiautos und Krankenwagen.

»Ach so«, sagte David, »es war bloß ein Unfall.«

Und alle waren erleichtert über die gute Nachricht.

RETTUNGSKRAFT

Der schlechteste Zeitpunkt für eine Katastrophe ist kurz nach Redaktionsschluss. Wahrscheinlich ist Vesper deshalb so aufgeregt, als er mich anruft. Mein Termin ist erledigt, ich habe Feierabend. Ich stehe am Gautor, schaue die Straße hinab und koste den Moment aus, bevor ich den Tag beende und die undeutliche Grenze zwischen Arbeit und Leben überschreite.

»Sind Sie noch in der Oberstadt?« Kein Gruß, kein Bemühen um Freundlichkeit. Noch bevor ich antworten kann, ruft er: »Sie müssen zurück. Sie müssen nachsehen, ob etwas passiert ist.«

Unwillkürlich drehe ich mich um. Eine Straßenbahn fährt von der Haltestelle ab, hält direkt auf mich zu.

»Am Pulverturm«, sagt er, »am Römerwall«, und schon gehe ich los, ein paar Schritte zurück in die Richtung, aus der ich eben kam. Zurück in Richtung Arbeit.

»Die Frau Peters hat mich angerufen, da liegt ein Mann. Ein Unfall, sagt sie, mit dem Motorrad.«

Ich höre, wie hinter ihm eine Tür zuschlägt, es klingt, als herrsche in der Redaktion noch reger Betrieb. Ich weiß, dass das nicht stimmt. Mir kommt der Gedanke, dass ich über das Telefon Zugang zu Vespers innerem Getöse habe, zu dem Lärm, der in seinem Schädel herrscht. Aber der Lärm wird übertönt von der Straßenbahn, die an mir vorbeifährt, ratternd und rauschend, und sich hinter mir entfernt, hinunter in Richtung Innenstadt.

»Herr Meiners«, ruft Vesper, »beeilen Sie sich. Die Frau Peters hat Angst, sie war ganz außer sich.«

»Bin schon unterwegs«, sage ich, klinge von selbst so, als wüsste ich, worum es geht. Was zu tun ist. Den Namen

Peters jedoch habe ich nie gehört, ich habe keine Ahnung, in welchem Verhältnis Vesper zu ihr steht und warum sie solch einen Alarm in ihm auslöst. Eine Kollegin jedenfalls ist sie nicht; selbst die anderen Freien kenne ich alle mit Namen.

Ich sage Vesper, wo ich bin, und er dirigiert mich, treibt mich zur Eile an; ich kann hören, dass er selbst auf und ab geht, während er meinen Füßen befiehlt, wohin sie sich zu wenden haben. Es geht schnell, die fragliche Stelle ist nicht weit entfernt. Dass Vesper hier oben wohnt, weiß ich, und offenbar ist die Frau Peters eine Nachbarin von ihm. Eine alte Dame, die zwischen Traum und Wirklichkeit, zwischen Vergangenheit und Gegenwart nicht mehr zuverlässig zu unterscheiden vermag.

»Ständig passieren ihr die größten Schrecklichkeiten«, sagt Vesper, »nur meistens sind es Dinge, die sie vor vierzig Jahren im Fernsehen gesehen hat.«

»Im Öffentlich-Rechtlichen der Achtziger«, sage ich, »so arg kann es also nicht sein.« Doch Vesper ist nicht nach Scherzen zumute. Überhaupt lacht er nur über seine eigenen Witze, deshalb lacht er so selten. Wessen Humor man versteht und belohnt, ist meistens eine Frage der Hierarchie.

»Schauen Sie bitte schnell nach«, sagt er. »Wenn wirklich etwas passiert ist, dann rufen Sie die Rettungskräfte. Sofort!«

»Natürlich«, sage ich und stecke mein Handy ein. Rettungskräfte, das klingt nach Notärzten, Feuerwehr, SEK und THW; nach Fernsehen von heute. Ohne es zu wollen, bin auch ich nun alarmiert, mein Puls treibt mich zur Eile an wie Vesper bis vor ein paar Sekunden. Ich biege nach rechts in den Fichteplatz ein, und noch bevor ich die Straße überquere, sehe ich den jungen Mann. Hier ist tatsächlich etwas passiert, es hat mit dem öffentlich-rechtlichen Fernsehen meiner Kindheit nichts zu tun. Dass es ein junger Mann ist, kann ich gar nicht erkennen, aber es liegt ein Roller im Gras, vielleicht eine Vespa, und daneben diese Gestalt mit Lederjacke und Helm, und das lässt mich an mich selbst mit achtzehn oder neunzehn denken.

»Geraten Sie nicht in Panik«, rufe ich, »ich bin gleich da!« Ich tue so, als müsste ich ihn beruhigen, aber der einzige aufgeregte Mensch hier bin ich. »Ich komme schon!«, sage ich laut, als ich den letzten Schritt über die Straße tue, da hebt die Unglücksgestalt ihre rechte Hand. Es sieht eher nach einem müden Gruß, nach einem Abwinken aus. Noch bevor ich bei ihm bin, setzt er sich auf, schiebt das Visier seines Helms nach oben und sagt: »Bitte stören Sie mich nicht. Ich bin tot.«

Ich bleibe abrupt stehen, als wäre ich gegen seinen Satz, gegen sein letztes Wort geprallt. »Aha«, mache ich nur, und der junge Mann – das ist er wirklich, seine Stimme enthält noch Reste heller Jugendlichkeit – klappt das Visier wieder herunter und legt sich zurück in das Gras. Seine Haltung ist exakt dieselbe wie eben; die eines frierenden Embryos.

»Verzeihen Sie bitte«, sage ich und setze mich nach einigem Zögern neben ihn. »Ich will nicht Ihre Totenruhe stören, aber« – mein Handy vibriert, bestimmt ist das Vesper. Ich harre aus, bis das Gerät sich beruhigt hat, und tippe dem jungen Mann an die Schulter. »Entschuldigung«, sage ich, »ist alles in Ordnung mit Ihnen? Hatten Sie einen Unfall, soll ich Hilfe holen?«

Wieder winkt er ab, mit beiden Händen diesmal, und als ich trotzdem sitzen bleibe und ihn anstarre, richtet er sich auf. Endlich nimmt er auch den Helm ab, sieht mir aber nur kurz in die Augen. Er wirkt etwas älter, als seine Stimme hat vermuten lassen; dreißig ist er mindestens, vielleicht sogar in meinem Alter, es ist schwer zu sagen. »Sie müssen mir nicht helfen«, sagt er schließlich, dann wendet er rasch seinen Kopf und sieht mich an: »Sie *können* mir nicht helfen, hören Sie?«

Erneut vibriert mein Telefon, und diesmal nehme ich ab. »Entwarnung«, sage ich zu Vesper. »Sie können Frau Peters in den Abend entlassen, ich habe hier alles im Griff.«

»Im Griff, was soll das heißen – ist nun etwas passiert oder war es nur Fantasie?«

»Eine Mischung, nehme ich an. Aber Rettungskräfte brauchen wir keine.«

»Mmh«, macht Vesper, ganz zufrieden wirkt er nicht. Doch er murmelt einen knappen Abschiedsgruß und legt auf.

Ich schaue auf die Häuser ringsum. In keinem der Fenster sehe ich das Gesicht einer alten Dame.

»Wer war das gerade«, fragt der junge Mann, noch immer nenne ich ihn so: »Sind Sie hergeschickt worden? Und wer sind Sie überhaupt?«

»Ich bin Journalist«, sage ich und nenne den Namen der Zeitung. Ein bisschen peinlich ist es mir immer noch, nach all den Jahren. Journalist, das weckt die sonderbarsten Erwartungen – Bewunderung, Ressentiments, alles ist dabei –, und ich kann sie selten erfüllen. Meistens verstehe ich sie nicht einmal.

»Journalist«, sagt er, »so so.« Es klingt, als habe ich sein Interesse geweckt; als sei ich hier der bemerkenswerte Fall, nicht er.

»Was ist denn passiert?«, frage ich.

»Was mir passiert ist? Meine Mutter ist gestorben, das ist passiert.«

»Oh Gott«, rufe ich aus und sehe nach allen Richtungen. »Ist sie –«

»Nicht hier«, unterbricht er mich. »Nicht jetzt. Vor drei Wochen schon, in Kenia. Sie ist … sie war auf einer ihrer Touren, mit dem Motorrad. Ihrer Honda XL irgendwas – sehen Sie, ich kenne nicht mal den genauen Namen!« Er ist lauter geworden, klingt verzweifelt. Aber schon im nächsten

Moment fällt er wieder in sich zusammen, wird ganz klein – ein sitzender Embryo jetzt – und spricht so leise, dass ich mich anstrengen muss, um ihn zu verstehen. »Durch Ägypten, den Sudan, Äthiopien, dann runter nach Kenia. Sie wollte den ganzen Kontinent umrunden«, flüstert er. »Falls man ein Dreieck umrunden kann.«

»Ihre Mutter also. Wie alt war sie denn?« Ich halte erneut Ausschau nach den Blicken von Frau Peters, aber nur gleichgültige Fenster glotzen von den Häusern ringsum zu uns herab. Der Verkehr fließt unvermindert, es tut niemand so, als seien wir zwei ein erstaunlicher Anblick.

»Von Marokko aus wollte sie zurück nach Europa. Spanien, Frankreich, dann hierher. Sie wollte mich besuchen, zum ersten Mal seit drei Jahren. Wissen Sie, wie sie mich genannt hat?«

Ich bin mir nicht sicher, ob ich das hören möchte.

Er nimmt mir die Entscheidung ab, indem er den Helm zwischen seine Füße legt, einen leisen, aber hektischen Rhythmus mit den Fingern darauf trommelt und sagt: »Schon mit fünfundzwanzig hat sie ein Fotoalbum angelegt und auf die erste Seite geschrieben: ›Was ich nicht verpasst habe.‹ Dicker roter Filzstift. Bilder von Freunden, von Reisen, üppigen Mahlzeiten, Festen, Gelagen, selbst gebautem Zeug: Möbel, Motoren, Skulpturen, einfach alles. Sie hat jedes Jahr ein neues Leben gelebt, ich weiß gar nicht, was sie *nicht* gemacht hat. Segeln, tauchen, Motorräder. Fallschirm, Bungee, Paragliding … und Männer!« Jetzt erst halten seine Finger inne: »Mein Vater war nur einer von vielen.« Er klingt bewundernd, stolz, traurig, verloren. Alles zugleich.

Ich spüre den langen Tag in meinem Rücken, die Termine, die Stunden in der Redaktion. Ich wollte längst auf dem Heimweg sein, doch meine Neugier ist gekitzelt, noch einmal berührt trotz der dicken Schicht aus Müdigkeit, unter die sie sich zurückgezogen hat.

»Und ich?«, sagt er. »Ich bin nicht mal einer von vielen. Ich bin *keiner* von vielen.«

Mein rechtes Bein droht einzuschlafen, deshalb muss ich meine Lage verändern, und offenbar sieht das aus, als wolle ich mich erheben.

»Nicht«, sagt er. »Bleiben Sie doch noch ein paar Minuten. Vielleicht wollen Sie ja – vielleicht können Sie etwas schreiben?«

Ich schüttele mein Bein aus, verlagere mein Gewicht. »Wie heißen Sie denn eigentlich?« Ich bin mir nicht mehr sicher, ob ich mich einfach mit ihm unterhalte oder ihn bereits interviewe.

»Patrick Müller«, spuckt er aus und lacht verächtlich: »Sagt das nicht alles?«

Dass wir denselben Vornamen haben, gefällt mir nicht. »Was sollte es mir denn sagen?«

»Na, gar nichts halt, das ist es ja. Ein Dutzendname. Ein Etikett auf einem …« Er schüttelt den Kopf, ihm fällt kein Bild ein, das langweilig genug ist. »Eltern sollten sich Sorgen um ihre Kinder machen müssen, oder? Sie beschützen müssen, vor allzu großem Unsinn bewahren. Hinausschicken in die Welt. Die Welt!«, heult er plötzlich auf: »Wissen Sie, wo ich schon überall war?«

Ich denke nicht, dass er eine Antwort erwartet, und gedulde mich einfach. Etwas Interessantes wird er mir zu sagen haben, sonst säße er hier nicht im Gras. Ich muss bloß abwarten, sollte aber verschwunden sein, bevor Vesper nach Hause kommt. Irgendwo in Sichtweite scheint er ja zu wohnen, und ich möchte nicht vor ihm auf dem Boden hocken.

»Nirgendwo!«, ruft er, »ich war immer nur zu Hause. Und beschützen musste man mich nie. Den anderen Jungs war ich zu langweilig, Mädchen haben sich nicht für mich interessiert, den Lehrern, meinen Chefs bin ich kaum aufgefallen. Das ganze Leben hat mich übersehen!«

Er klingt immer weinerlicher, doch auf einmal umfasst er seinen Helm, hebt ihn an, schlägt ihn zweimal hart auf den Boden und spricht mit festerer Stimme weiter: »Sie sind doch Journalist – können Sie mich nicht dem Leben zeigen? Mich einmal der Welt vor die Augen heben?«

Ich sehe mich um, und das kleine Stück Welt, das von hier aus sichtbar ist, scheint sich tatsächlich nicht sehr für uns zu interessieren. »Nun«, sage ich, »soll ich vielleicht Ihre Mutter –«

»Nicht meine Mutter«, unterbricht er mich. »Ihr Leben war ganz von selbst genug, das muss man nicht auch noch erzählen. Aber ich …«

Jetzt erst sehe ich mir den Roller näher an. Es ist keine Vespa, sondern ein E-Roller, beim Fahren wahrscheinlich nicht viel lauter als hier, stillgelegt im Gras. Nach Afrika, nach Touren um die halbe Welt schaut das Gerät wirklich nicht aus.

»Ich kenne Sie nicht«, sagt Patrick Müller, »aber Sie kennen mich auch nicht. Warum machen wir nicht was draus?«

»Was meinen Sie?«

Zum ersten Mal sieht er mir länger in die Augen. »Meine Kollegen glauben, ich hätte Angst vorm Leben. Aber das stimmt ja gar nicht. Ich bin doch schon in Sicherheit, immer und überall, ich muss mich da nicht erst hinbringen. Was ich will, ist« – er legt beide Hände auf den Helm, es sieht aus, als streichle er ihn. »Ich wollte mich einmal fühlen wie sie, verstehen Sie? Ich wollte auch einen Unfall haben, einen riesigen, endgültigen Crash, ich wollt … so großartig tot sein, wie meine Mutter es ist. Wie viele es sind«, ruft er aus und macht eine ausladende Geste mit seinen Armen. So als wären wir umgeben von spektakulär Gestorbenen.

»Ich sehe keine Toten«, sage ich.

»Aber mich könnten Sie sehen! Hier«, sagt er, plötzlich aufgeregt, und fummelt aus der Tasche seiner Lederjacke ein Portemonnaie hervor. Er holt alles Geld heraus, immerhin zwei- oder dreihundert Euro, ein kleines Bündel Scheine. »Das gebe ich Ihnen, wenn Sie schreiben, was mir alles widerfahren ist. Wie ich auf jedem Kontinent einmal fast gestorben bin und dann hier, in der Oberstadt, mein viel zu frühes Ende gefunden habe. Wie großartig jeder einzelne Tag aussieht, vom Blitz des Endes erleuchtet.«

»Nein«, sage ich, das kann ich nicht tun. Natürlich könnte ich, ich habe es schon getan, aber das darf ich niemals verraten, erst recht nicht jetzt, nicht ihm. »Ihre Bitte ist verlockend«, sage ich, gerade so ehrlich, wie ich es mir erlauben kann. »Die Wirklichkeit ist nicht so schlecht, wie viele sagen. Sie hat sich etwas Fiktion redlich verdient.«

»Na eben«, sagt er, »gönnen wir sie ihr. Malen Sie ein Bild, auf dem niemand mich erkennt. Dann sähe ich vielleicht, wer ich gewesen sein könnte.«

Ich rücke etwas näher an ihn heran, lege eine Hand auf seine Schulter. »Ob Sie's mir glauben oder nicht: Mir geht es manchmal genauso wie Ihnen.« Es ist ein lauwarmer, fader Trostsatz, aber er stimmt. Es hat nichts damit zu tun, dass auch meine Mutter gestorben ist, vor Jahren schon, nichts damit, dass ich seit langer Zeit in dieser Stadt, in derselben Wohnung lebe und derselben Arbeit nachgehe. Auch damit nichts, dass seit Patricia keine Frau sich ernsthaft für mich interessiert hat und dass Karla meine einzige echte Freundin, der einzige Mensch ist, der einmal wird sagen können, er wisse, wer ich hätte sein können. »Es geht darum, dass man alles erfinden muss, was schon da ist«, sage ich, »sonst hört es auf, da zu sein.«

Er wedelt noch einmal mit den Scheinen, aber ich schüttele den Kopf, und er steckt das Geld wieder ein. »Was machen denn Sie, wenn's Ihnen so geht?«

»Ich gehe umher«, sage ich. »Ich schaue und lausche, das kann ich als Arbeit tarnen. Ich warte auf kleine Erleuchtungen. Manchmal setze ich mich auch einfach für ein, zwei Stunden in ein Café und versuche, mein Leben zu verstehen.«

Er schaut mich mit einem Ernst an, zu dem nur junge Menschen fähig sind, die sich für verzweifelt halten. Ich wüsste jetzt wirklich gerne, wie alt er ist. Wie alt seine Mutter war, als sie in Kenia aus der Kurve flog.

»Wollen wir noch einen Wein trinken gehen?«, frage ich.

Er schüttelt den Kopf: »Keinen Alkohol.« Er steht auf, etwas umständlich, etwas behäbig, und hält den Helm unter dem Arm, als wäre er sein Kopf. »Na dann«, sagt er, setzt den Helm auf, hebt den Roller aus dem Gras und schiebt ihn zur Straße. »Danke«, sagt er, durch das offene Visier hindurch, es klingt eher nach einer Frage.

»Alles Gute«, sage ich, und er setzt sich auf den Roller und fährt langsam bergab, ohne den Motor anzuschalten.

Auch ich bin aufgestanden, spüre aber auf einmal wieder die volle Wucht meiner Erschöpfung. Ich lege mich ins Gras, exakt an der Stelle, an der ich Patrick Müller fand, in derselben gekrümmten Haltung. Ich schließe meine Augen, die Dunkelheit ist eine Wohltat. Ich hätte gerne einen Helm, den ich mir aufsetzen könnte. Ohne dass ich einschlafe, gelingt es mir tatsächlich, nichts zu hören, nichts zu sehen, noch nicht einmal einen Gedanken sich heranbilden zu lassen. Alles entfernt sich, verschwindet, lässt mich zurück in herrlicher Ruhe.

Nach ein paar Minuten öffne ich die Augen und lebe weiter.

Der Verkehr hat nicht nachgelassen, für viele endet jetzt erst der Tag. Ich winke den blinden Fenstern zu, vielleicht steht doch irgendjemand dort und sieht mich. Bloß nicht

Vesper, hoffe ich. Seinen Namen zu denken, macht mich schlagartig wach; ich stehe auf, gehe den Weg zurück, den ich gekommen bin, zum wiederholten Male heute. Kurz überlege ich, ob ich die Straßenbahn nehmen soll, entscheide mich aber dagegen. Schauen und lauschen, das kann ich als Feierabend tarnen. Wahrscheinlich ist das ein Tag, um lange in ihm umherzugehen.

XVII.

Wie gut es ihm jetzt tun würde, einen präzisen Satz zu sagen. Wort für Wort ein Anker, keine einzige Silbe gelogen. »Jana«, begann er, und sie sah ihn an: »Ja?«

Doch er lächelte nur. »Jana«, sagte er noch einmal. Und das genügte.

Wahrscheinlich macht das Warten ihn empfindlich; die Haut dünn und die Augen weit. Jedenfalls ist er der Erste, der es sieht, die anderen lesen weiter in ihren Zeitungen, schauen auf ihre Handys oder setzen ihre Gespräche fort. Gelächter hier und da, Tassen- und Geschirrgeklapper, ein älterer Mann spricht etwas zu laut in sein Telefon. »Unglaublich«, sagt er, »Gabi, du bist echt ’ne Granate.«

Er sieht sich nur kurz nach dem Mann um und schaut wieder nach draußen. Zuerst ist er erschrocken, jetzt empfindet er Sympathie, in jedem Fall Neugier. Es muss eine Ratte sein, das Tier ist zu groß für eine Maus, und was sonst soll seinen Kopf aus einem Gullydeckel strecken. Aus der Entfernung kann er nicht erkennen, ob das Fell nass oder einfach kurz und dunkel ist. Die Ratte strengt sich an, immer wieder reckt sie ihre Schnauze in die Luft, schnuppert, wittert, windet sich. Je länger er hinsieht, desto mehr Details kann er erkennen; offenbar gewöhnen sich Augen nicht nur an Dunkelheit, sondern auch an Entfernung. Die Ratte wirkt zerzaust, zerrupft, als habe sie einen Kampf hinter sich.

Er wendet sich ab, schaut auf sein Handy. Vor über einer Viertelstunde hätte Carlos hier sein sollen. Nur in der Familie nennt er sich Carlos; er fand das immer albern und weiß nicht, ob er zu dieser Familie überhaupt noch gehört. Dass Carlos ihn hier treffen möchte, im Café und eben nicht in der Firma, spricht dafür. Mit Miriam war er häufig hier, Carlos weiß das, und solange er ihn nicht ins Büro bestellt, sitzt er ihm als Schwager gegenüber, nicht als Bewerber. Als Ex-Schwager, ein seltsames Wort. Noch ist er von Miriam nicht geschieden, aber er rechnet täglich mit Post von ihrem

Anwalt. Am 30. Juni endet sein Vertrag, dann ist er arbeitslos, noch so ein Wort, und vielleicht will sie warten bis dahin. Will ihm vorher nicht zumuten, das Schreiben zu öffnen. Sehr geehrter Herr Bäumler, im Auftrag meiner Mandantin, und so weiter.

»Darf's noch etwas sein bei Ihnen?«

Er erschrickt, meint, dass die Kellnerin ihn ansieht wie einen Eindringling. Jemanden, der hier nicht hingehört. »Ich habe oft hier gesessen«, sagt er, »früher«, und merkt im selben Moment, wie lächerlich das klingt. »Noch mal dasselbe«, sagt er schnell und schiebt ihr seine leere Tasse hinüber. »Bitte.«

»Ein großer Milchkaffee«, sagt sie, halb Frage und halb Antwort, und geht mit einem schiefen Lächeln. Auf dem Weg hinter die Theke wirft sie ihm noch einen Blick zu. Er weicht ihm aus, sieht wieder aus dem Fenster.

Die Ratte ist immer noch da. Er muss sich erneut auf die Entfernung einstellen, die Augen zusammenkneifen. Ein kleines Stück hat sie sich vorgearbeitet, er kann mehr von ihrem Hals sehen, glaubt ab und zu einen ihrer Vorderfüße zwischen den Gullystangen zu erkennen. Sie muss riesig sein, dass sie nicht durch die Stangen passt, ein Tier, vor dem man erschrecken würde, wenn es vor einem über die Straße huschte. Einen Moment empfindet er Ekel, vielleicht sogar Angst, und er wünscht sich, jemand käme und presste die Ratte zurück in den Untergrund.

»Bitteschön, der Herr – ein Milchkaffee, wie früher.«

Wieder hat er die Kellnerin nicht kommen hören, und er schämt sich für seinen Schreck. Sie lächelt, freundlich diesmal, und weil er merkt, dass er rot wird, schämt er sich noch mehr und sagt »danke«, als wäre es ein Wort aus einer fremden Sprache, die er nur rudimentär beherrscht. Sie zwinkert ihm zu und geht, offenbar macht seine Verlegenheit ihr

Freude. Um etwas zu tun, trinkt er einen großen Schluck und verbrennt sich die Zunge.

»Ruf Carlos an«, hat sie gesagt, immer wieder, früher schon, als die Sorge um seine Zukunft noch die Sorge um ihre eigene war. Mal hat sie ihm seinen Stolz vorgeworfen, mal seine Trägheit, und er weiß bis heute nicht, was davon zutraf. Als Carlos sich bei ihm meldete, war ihm sofort klar, dass Miriam ihn instruiert hatte. Aus Mitleid mittlerweile oder aus schlechtem Gewissen. Oder einfach, weil sie keinen Unterhalt zahlen will.

Er nippt von seinem Kaffee, noch immer ist er heiß. Über zwanzig Minuten ist Carlos nun schon zu spät, er beginnt sich zu fragen, ob das alles nur ein Spiel ist, ein Scherz, über den Miriam mit Carlos lacht. Seht her, was für ein Trottel, versteht ihr jetzt, warum es nicht mehr ging?

Der ältere Herr steht auf, lässt klimpernd ein paar Münzen auf den Tisch fallen. Noch immer hat er sein Telefon am Ohr, Gabi wahrscheinlich, er lacht und schüttelt den Kopf. Er winkt der Bedienung, als er hinausgeht, sie nickt bloß mit dem Kopf, als sei sie nicht sicher, ob wirklich sie gemeint ist.

Er fragt sich, ob er Carlos Bescheid geben soll; ein Anruf, eine Nachricht: Bin schon da. Das letzte Vorstellungsgespräch ist nicht lange her, aber es hat nur zu dem befristeten Vertrag gereicht, eine Verlängerung stand nie zur Debatte. Vielleicht ist es sogar ein Test, und er hat nur verlernt, wie die Tricks funktionieren. Soll er Geduld beweisen? Initiative zeigen, klarstellen, wie sehr er den Job möchte? Doch er weiß noch nicht mal, um was für einen Job es sich handelt. Carlos' Firma ist gewachsen, komplexer geworden. Als er Miriam kennenlernte, hatte er drei oder vier Angestellte, und mittlerweile haben sie statt der zwei Büros in der Havelstraße eine ganze Etage in dem gläsernen Monstrum neben dem Bahnhof gemietet. Fast zwanzig Leute wohl, die Dinge tun, von denen er nichts versteht. Eine Beratungsfirma: Software, Prozesse, Strategien. Es erscheint ihm absurd, dass er andere beraten soll. Ihnen erklären, wie sie mit weniger Leuten auskommen; das, was sie Arbeit nennen, auf weniger Hände, weniger Köpfe verteilen.

»Alles gut bei Ihnen?« Die Bedienung steht neben ihm, dichter als vorhin, und beugt sich hinab. Sie spricht leiser, als ob sie ihn nicht wieder erschrecken wolle: »Alles so wie früher?«

Es gelingt ihm zurückzulächeln. Er hebt seine Hände, weiß selbst nicht, was die Geste bedeutet. Die Kellnerin richtet sich auf, scheint zufrieden mit der Antwort. Sie zögert einen Moment, bevor sie weitergeht. Auch bei den anderen Tischen bleibt sie kurz stehen, spricht aber keinen der Gäste an.

Der Kaffee ist lauwarm geworden. Wird er Carlos einladen müssen, wenn er kommt? Wird es gegen ihn sprechen, wenn er sagt, dass er schon zwei große Tassen getrunken hat und nun auf heiße Schokolade umsteigen muss, um seinen Magen zu schonen? Kann er, darf er, muss er – die Fragen werden ganz von selbst mehr, sie türmen sich übereinander und ergeben eine unbeantwortbare Masse. Er greift nach seinem Handy, diesmal ohne nach der Zeit zu schauen, sieht stattdessen aus dem Fenster und erblickt den Hund, bevor er es schafft, auf die Ratte zu fokussieren. Er hält den Atem an, spürt sofort, dass etwas geschehen wird, das ihn zum Hinsehen zwingt.

Er rutscht vor an die Stuhlkante und richtet sich auf. Nach wie vor nimmt niemand sonst Notiz von dem Geschehen. Die Ratte bewegt ihren Kopf noch schneller, schnuppert heftiger, hektischer, er meint, ihre Angst bis zu seinem Platz in dem Café zu spüren. Der Hund hält inne, eine Sekunde nur, geht mit wedelndem Schwanz an den Gully. Es ist ein Labrador, eine Mischung vielleicht mit etwas anderem, genauso

Großem, die Zunge hängt heraus, die Zähne in der geöffneten Schnauze wirken riesig. Er bellt, leise, wie unterdrückt, und schnuppert mit hängender Zunge an dem viel kleineren Tier. Noch einmal ein Bellen, lauter jetzt, der Schwanz des Hundes schlägt heftig nach allen Seiten.

Er schiebt Handy und Kaffeetasse von sich weg und steht auf. Mit beiden Händen stützt er sich auf die Tischkante, sieht sich um, als wäre von irgendwo Hilfe zu erwarten. Die Kellnerin, ein Tablett in der Hand, fängt seinen Blick auf, öffnet leicht ihre Lippen. Er will etwas sagen, weiß aber nicht, was, und auch sie wirkt einen Moment lang, als liege ihr eine Frage auf der Zunge. Sie stellt das Tablett auf die Theke und kommt zu ihm. Sie steht neben ihm, entdeckt die Szene, ohne dass er sie darauf hinweisen muss. Schweigend starren sie nach draußen, wo der Hund seine Schnauze noch weiter öffnet, seinen Kopf zur Seite dreht und die Sicht auf die Ratte für einen Moment verdeckt.

Er erkennt noch mehr Details als eben, es kommt ihm vor, als ob die Sehkraft der Kellnerin sich zu seiner addiere. Der Hund hat einen helleren, fast weißen Streifen Fell auf der Schnauze, seine Augen erscheinen ihm dunkler, glänzender als eben. Die Ratte bewegt sich nicht mehr, verharrt starr in ihrer Gefangenschaft.

»Oh Gott«, sagt die Kellnerin, und der Hund beißt zu. Aber seine Bewegungen sind langsam; sorgfältig wirkt es sogar, behutsam, wie er seine Schnauze hin und her wendet, seinen Kopf, den ganzen Körper wiegt. Er drückt die Vorderläufe durch, als stemme er sich gegen ein großes Gewicht, und zieht die Ratte aus dem Gully. Ihre kleinen Beine wirken nackt, zerbrechlich, und ihr Schwanz ist viel länger, als er erwartet hat. Der Hund hält das reglose Tier einen Moment in seiner Schnauze, es sieht aus, als überlege er oder erwarte Anweisungen.

In dem Moment vibriert das Handy auf dem Tisch, auf dem Display steht Carlos' Name. Die Kellnerin sieht unverwandt nach draußen, auf einmal wüsste er gerne, wie sie heißt, und er wartet einfach, bis das Handy wieder still daliegt. Er selbst wird ruhig, er könnte so stehen bleiben, und für lange Zeit müsste gar nichts passieren.

Schließlich neigt der Hund seinen Kopf und setzt die Ratte auf dem Asphalt ab. Er leckt zwei Mal über ihren Rücken und sieht hechelnd hinterher, wie sie davonläuft. Es dauert nur Sekunden, bis sie außer Sichtweite verschwunden ist, rasche Trippelschritte, der Rücken zu einem leichten Buckel gebogen. Sie ist auf das Haus zugelaufen, nicht zurück in den Gully, und der Hund blickt nach allen Seiten, schnuppert noch einmal an dem Gullydeckel und trottet ebenfalls davon. Auf der Straße ist niemand stehen geblieben, keiner scheint bemerkt zu haben, was geschehen ist.

»Entschuldige Sie, bitte?«

Er sieht die Kellnerin an, die auf den Ruf des Gastes nicht reagiert.

»Hallo?«

Langsam nur dreht sie ihren Kopf zur Seite, und genauso langsam geht sie an den Tisch, an dem ein junger Mann mit Sonnenbrille sitzt, obwohl in dem Raum eher Dämmerlicht herrscht.

Er trinkt den kalten Kaffee aus und sieht auf sein Handy. Carlos hat keine Nachricht hinterlassen, das Gerät zeigt bloß den verpassten Anruf an. Er fragt sich, wie er Miriam erklären soll, warum es nicht zu dem Treffen kam, aber dann wird ihm bewusst, dass er das gar nicht tun muss, ihr keine Rechenschaft schuldig ist. Er schaut zu der Kellnerin, die zurück zur Theke geht und währenddessen etwas auf ihrem Bestellblock notiert. Er folgt ihr, und sie druckt seine Rechnung aus, ohne dass er sie darum bitten muss. Sie lächelt, während er ihr das Geld gibt, ein hohes Trinkgeld für den geringen Betrag, und er würde ihr zum Abschied gerne die Hand geben.

»Bis bald mal wieder?«, sagt sie, eine Frage, auf die er nicht antwortet.

»Ciao«, sagt er nur und geht hinaus.

Bei dem Gully bleibt er stehen und wendet sich um, hat den verrückten Gedanken, sich dort vielleicht selbst noch sitzen sehen zu können. Er hält nach dem Hund Ausschau, nach der Ratte sogar, doch beide sind verschwunden. Er zögert, weiß nicht, in welche Richtung er gehen soll; den ganzen Tag hat er frei, ein Zustand, an den er sich wird gewöhnen müssen. Am liebsten würde er stehen bleiben, einfach warten, ob etwas passiert, mit dem er nicht rechnet, aber dann fällt ihm ein, dass Carlos jeden Moment um die Ecke kommen kann. Er macht sich kleiner, seinen Rücken krumm, und geht los. Wohin, denkt er, wird er merken, wenn er dort ist.

XVIII.

Seit Tagen war Jana verschlossen, in sich gekehrt. Eine Kollegin hatte sie abends auf dem Handy angerufen, doch sie hatte nicht abgenommen. Sie wusste, sie würden sich am Montag wiedersehen, und eigentlich kannten sie einander kaum. Jana wusste nicht, woher die Frau ihre Nummer hatte. Am Montag dann hatte sie erfahren, dass die Kollegin sich am Wochenende umgebracht hatte; Tabletten, von denen sie nie gesprochen hatte.

»Komm mit«, sagte David, »es wird dir guttun.« Es war ein kleines Sommerfest im Büro, alle durften, sollten sogar ihre Partner mitbringen. Jana ließ sich überreden, stand aber die meiste Zeit am Rand, führte nur hin und wieder etwas Smalltalk.

Als David ihr ein Glas Sekt brachte, sagte sie leise: »Wenn sich all diese Leute hier umbringen würden, in wie vielen Abschiedsbriefen kämst du wohl vor?«

»Oh Gott«, sagte er, dachte kurz nach und sagte: »Scheiße, ich fürchte, in keinem.«

»Sei froh, mein Lieber, sei froh.«

Sie trank ihr Glas in einem Zug aus und holte sich ein neues. Den Rest des Tages war sie so gesprächig, dass alle sie für fröhlich hielten.

NICHTS NEUES

Im Grunde ist es eine Meldung, wie man sie täglich liest. Man erschrickt, genießt seinen Schrecken für einen Moment, schämt sich vielleicht ein bisschen und geht dann zum nächsten Artikel über. Fügt das Gelesene blitzschnell dem Archiv fremder Schicksalsschläge hinzu, die einem weniger Angst machen als darin üben, mit der Angst zu leben. Der Kaffee hilft dabei, das Licht des jungen Tages, vielleicht auch die Aktienkurse und das Neueste von den Sportseiten.

Diesmal aber gelingt es nicht. Er liest die Meldung ein zweites Mal, unwillkürlich fast, und sieht dann von der Zeitung auf. Melanie hat sich frei genommen heute, er frühstückt ausnahmsweise allein. Er würde sie jetzt gerne ansehen, ihr blasses Gesicht, ihre unsortierten blonden Haare, und etwas zu ihr sagen. Etwas Belangloses. Stattdessen räuspert er sich und geht ans Fenster. Es wird ein warmer, sonniger Tag, der Morgen ist vielversprechend. *Ein schöner Tag,* sagt er halblaut zu sich selbst, doch er schafft es nicht, den Toten aus seinen Gedanken zu vertreiben.

Sechsunddreißig war er, exakt so alt wie Melanie und er, vielleicht liegt es daran. Wie häufig aber liest er von Menschen in diesem Alter, Jüngeren sogar, die Unfälle haben, krank werden, ein Kind verlieren. Nie geht es ihm so nah wie jetzt. Er schließt für einen Moment seine Augen und hört den Ruf eines Vogels. Eine Möwe, beschließt er; der Fluss ist nicht weit.

Betrunken war der Mann, »stark alkoholisiert«, heißt es, und was er am Ufer zu suchen hatte, scheint auch die Polizei nicht zu wissen. Aber er hatte sein Portemonnaie bei sich, mit Ausweis und allem. Selbst wo er wohnte, wird erwähnt. Kinder hatte er keine.

Er trinkt einen Schluck Kaffee und geht vom Fenster weg. Sechsunddreißig Jahre und im Fluss ertrunken, mitten in der Stadt: »Ein lächerliches Alter, um zu sterben«, sagt die Zeitung. Gerade mal ein halbes Leben, wenn überhaupt, und doch zu alt, um sich solche Torheiten zu erlauben. Besoffen in den Fluss zu fallen, Ohnmacht, wahrscheinlich nach panischem Gezappel, und Schluss. Er lauscht, hört nichts. Er versucht sich Melanies Atem vorzustellen, das gleichmäßige Auf und Ab ihrer Brust, und erschrickt, als er auf die Uhr sieht. Er stürzt den Rest Kaffee hinunter, lässt alles stehen und liegen und macht sich auf den Weg. Die Tür knallt, als er sie viel zu schnell ins Schloss zieht.

Draußen wird er ruhiger und zieht seine Jacke sofort wieder aus. Seit ein paar Tagen blühen die Magnolien, die Farben kehren in die Gärten zurück. Er liebt diese Tage, jedes Jahr aufs Neue. Das Aufatmen aller, das Gefühl, sich endlich aus einer Umklammerung gelöst zu haben, dem Würgegriff des Winters. Wieder hört er den Vogelruf, und für einen Moment hat er unbändige Lust, einfach spazieren zu gehen; sich krank zu melden und keinen Gedanken an die Nichtigkeiten im Büro zu verschwenden. Doch er weiß, wie viel dort auf ihn wartet; Verträge, die er unterzeichnen, Termine, die er abstimmen muss. E-Mails, Briefe, Telefonate.

An der Bushaltestelle steht eine Frau, auch sie ohne Jacke, ein alter Mann sitzt auf der Plastikbank. Ein paar Schulkinder unterhalten sich über einen Zeichentrickfilm. Die Frau liest Zeitung, er stellt sich neben sie. Gerne würde er sie fragen, ob sie es auch schon gelesen habe. »Furchtbar, nicht wahr«, würde er sagen und ihr ganz kurz eine Hand auf die Schulter legen. Noch lieber wäre es ihm, sie legte ihm eine Hand auf die Schulter. Er sieht sie von der Seite an, und als sie sich mit geschlossenen Augen die Haare hinter das Ohr streicht, findet er sie schön.

Was genau ihn schließlich dazu bringt, weiß er selber nicht. Doch als der Bus kommt, bleibt er einfach stehen. Er sieht zu, bis alle eingestiegen sind, schaut der Frau einen Moment lang in die Augen, als sie sich ans Fenster setzt, und lächelt sogar. Sie sieht ihn fragend an. Ihm wird noch etwas wärmer, er streicht sich durchs Haar und setzt seine Sonnenbrille auf. Kurz zögert er, dann geht er los. Nicht lange, sagt er sich, er will nur die frühe Sonne genießen und die klare, milde Luft. Ohnehin ist er immer einer der Ersten im Büro, auf eine halbe Stunde kommt es nicht an.

Wo genau der Mann ertrunken ist, das steht nicht in der Zeitung, auch wo er herkam, aus welcher Kneipe er ans Ufer torkelte, weiß er nicht. Dennoch hat er das Gefühl, die letzten Schritte des Mannes nachzugehen. Er sieht auf den Boden, setzt einen Fuß vor den anderen und bemüht sich um einen geraden Gang. Auf den letzten Metern geht der Asphalt in einen Plattenweg über, er bringt mit jedem Schritt genau zwei der grauen Quadrate hinter sich.

Als er die Kinder hört, erschrickt er. Er hat sie nicht gesehen, sie verstecken sich hinter den Bäumen und kommen nun mit lauten Rufen auf ihn zugerannt. Beide haben Gewehre in der Hand, Spielzeugwaffen aus Plastik. Er bleibt reglos stehen und schämt sich, als sie an ihm vorbeilaufen, ohne ihn anzusehen. Sie haben nicht ihn gemeint. Er sieht ihnen nach, sie schießen in die Luft und geben Rufe von sich, die er nicht versteht. Vor ein paar Tagen erst hat Melanie ihm erzählt, dass in manchen Ländern bei Hochzeiten in die Luft geschossen werde. Sie hat es irgendwo gelesen, sie wusste nicht, ob sie lachen oder den Kopf schütteln sollte: »Die Geschosse fallen auf die Erde zurück«, hat sie gesagt, »die lösen sich ja nicht in Luft auf. Es sind schon Menschen gestorben, die von den Kugeln getroffen wurden – ist das nicht schrecklich?« Er stellt sich eine Braut vor, der, Minuten nach den Freudenschüssen ihrer Schwäger, ein Projektil aus dem Himmel in den Schädel stürzt. Das Bild verschwimmt, es geht über in das zarte Grün der Büsche und Bäume. Auch sein Bruder und er haben als Kinder am liebsten mit Waffen gespielt. Cowboy, Indianer, Polizist, Soldat, es war alles gleich, solange sie umherlaufen und aufeinander schießen konnten. Kurz meint er, sich selbst aus dem Gebüsch kommen zu sehen, ein Kind mit langen Haaren und dünnen, fliegenden Armen. Die Farben fließen ineinander, Hellblau, Grün in vielen Tönen und das schillernde Grau des Wassers. Er fragt sich, ob der Mann sich auch an seine Kindheit erinnerte, als er ertrank. Ob tatsächlich das ganze Leben in Sekundenschnelle noch einmal an einem vorbeirauscht, wenn es zu Ende geht, ein aberwitzig schneller Film. Waren die letzten Bilder verschwommen, die vor seinem inneren Auge standen, bevor alles hinabsank und verrauschte und das alkoholdumpfe Herz im Wasser erlosch?

Er setzt sich auf den Boden und ist froh, dass die Jungs nun fort sind. Er schaltet sein Handy aus. Es ist ruhig am Ufer, nur ein paar Möwen sitzen auf den Steinen direkt am Wasser. Es hat ihm immer gefallen, dass sie auch an Flüssen leben, dass sie jedes Gewässer zum Meer erklären. Er schaut ihnen zu, denkt eine Zeit lang fast an gar nichts.

Bis ihm die Sitzung einfällt. Qualitätsmanagement. Sein Puls beschleunigt sich, er hat es bis eben vergessen. Schon um neun kommen die Amerikaner, Feldmann hat ihm am Freitag noch einmal gesagt, wie viel Gewicht sein Wort in dieser Sache habe. Er steht auf, bewegt sich aber nicht. Das Plätschern des Wassers vermischt sich mit dem Tosen seiner Gedanken. Wann werden sie ihn vermissen, wann sich Sorgen machen seinetwegen?

Er setzt sich wieder, ist selbst erstaunt über die Ruhe, die nach wenigen Momenten zurückkehrt. Sie werden sich wundern, Feldmann wird ungehalten sein, mehr nicht. All das überlebt man. Dann aber nimmt er sein Handy hervor und stellt es wieder an. Wahrscheinlich werden sie bei ihm zu Hause anrufen – das Telefon wird läuten, immer wieder, bis Melanie wach wird und nach unten läuft. »Nein«, wird sie sagen, verschlafen noch, »hier ist er nicht, er müsste doch längst im Büro sein.« Er spürt ihre Unruhe, das Erwachen ihrer Angst. Schnell wählt er ihre Nummer, seine Nummer, und es kommt ihm vor, als werde das Freizeichen immer lauter. Er will Melanie sagen, dass er nicht im Büro ist, dass sie sich aber keine Sorgen zu machen braucht. Niemand, wird er sagen, müsse sich Sorgen machen. Dass es ein herrlicher Tag sei, wird er sagen, hell und warm und voller Farben. Doch sie nimmt nicht ab. Der Anrufbeantworter geht an, seine eigene Stimme, die sonderbar fern klingt. Wie hinter einem Filter. Er hinterlässt nichts auf dem Band als ein paar Sekunden seines Atemgeräuschs. Lebensstille.

Und dann geht alles ziemlich schnell. Er hebt einen Stein auf und wirft ihn ins Wasser; die Möwen flattern auf und rufen, verschwinden außer Sicht. Er sieht sich nach allen Seiten um, zieht die Schuhe aus, das Hemd, die Hose und die Socken. In Unterhose steht er am Ufer, ohne zu frieren. Ein leichter Wind kommt auf, auch er nicht kalt, fast fühlt es sich an wie fremder Atem auf seiner Haut. Er geht langsam, aber ohne zu zaudern. Er spürt das Gras, dann die Steine unter seinen Füßen, schon leckt der Fluss kalt an seinen Zehen. Doch er schreckt nicht zurück. Er schließt die Augen, bläst seine Wangen auf und taucht mit lang gestrecktem Körper in den Fluss. Für einen Moment ist alles dunkel. Die Kälte schlägt über ihm zusammen, er hört nur ein dumpfes Rauschen, vermag nicht zu sagen, ob es von außen kommt oder von innen. Dann taucht er auf, mit Mühe nur kann er sich einen hellen Aufschrei verkneifen. Die Kälte brennt auf seiner Haut, mit schnellen, weit ausgreifenden Zügen durchschwimmt er den Fluss. Das Wasser wird weicher, der Schmerz lässt nach. Am Ufer wendet er, der Fluss erscheint ihm nun breiter, aber er kann ihm nichts anhaben. Eine Welle aus Euphorie durchläuft seinen Körper, er spürt, wie sein Herz das warme Blut durch die Adern pumpt. Wie lange all das dauert, weiß er nicht.

Schließlich steigt er aus dem Fluss, seine Haut ist heiß und kalt zugleich. Er schüttelt sich, nimmt tiefe Atemzüge, reibt sich mit seinem T-Shirt trocken und zieht dann das Hemd auf die nackte Haut. Es ist, als seien seine Poren weit geöffnet, so genau wie noch nie spürt er die Struktur des Stoffes. Hose und Socken kommen ihm warm vor, er friert nicht. Hätte er eine Waffe, er würde nicht aufhören können, in die Luft zu schießen.

Auf dem Rückweg fragt er sich, ob die Frau an der Bushaltestelle morgen über ihn in der Zeitung lesen wird. »Mann ertrinkt nicht im Fluss«, eine kleine Schlagzeile vielleicht auf der letzten Seite.

Er sieht nicht auf sein Handy, schaut nicht nach der Uhr. Kurz denkt er an Feldmann, er muss lächeln bei dem Gedanken an seine Nervosität. Er wird rote Flecken im Gesicht bekommen, von einem Bein auf das andere wechseln und viel zu schnell sprechen.

Feldmann aber wird er nichts verraten. Nur Melanie muss es erfahren. Ihr wird er erzählen, in Ruhe und mit sämtlichen Details. Die Farben und Geräusche, die Wärme und die Kälte auf der Haut. Ohne Hektik, ohne Angst; im Grunde ist nichts geschehen, das man nicht täglich irgendwo erfährt.

XIX.

»Sie gefällt dir, oder?«, sagte Brandner, und hinterher gab es ihm zu denken, wie heftig er verneint hatte. Judith hieß sie, sie hatte ihm sofort das Du angeboten. »Sie gefällt uns doch allen, David, kannst es ruhig zugeben.« Ihr Traineeprogramm dauerte zwei Jahre, er wusste nicht, was man so lange in der Firma lernen sollte. Sie verstand sich gut mit allen, und es irritierte David, dass er einschreiten wollte, wenn sie zu lange mit Brandner oder anderen Männern sprach; sogar Meinert brachte sie zum Lachen. Wenn er Jana gegenüber ihren Namen nicht erwähnte, hatte er manchmal das Gefühl, dass er log.

Sie fragte ihn, ob er nach der Arbeit noch ein Glas mit ihr trinken wolle, und er machte früher Feierabend, damit es nicht auffiel. Er ging mit ihr in ein Café, in dem er noch nie Kollegen getroffen hatte, und die meiste Zeit über sprach sie. Sie wusste mehr Geschichten über die anderen als er; es war, als ob sie ihn in Geheimnisse einweihte, deren Teil er eigentlich sein sollte.

»Nur über dich«, sagte sie, »gibt es gar keine Gerüchte.« Sie sah ihn an, während sie trank, und kam dann seinem Gesicht etwas näher: »Weißt du, wie verdächtig dich das macht?«

Hinterher umarmte sie ihn, und als er nach Hause ging, hatte er das Gefühl, dass er sich vervielfachte: Ein David Maan war im Büro geblieben, einer in dem Café, einer war mit Judith mitgegangen, und einer saß im Zug.

Vielleicht, dachte er, wäre es gut, sich neue Geschichten über ihn selbst auszudenken. Undeutlich zu werden, sein eigener Halbschatten; verschwommen und untilgbar wie ein Gerücht.

BETTEN

Wochenlang saß sie Tag und Nacht an seinem Bett. Manchmal bemerkte er sie und hielt ihre Hand, und sie unterhielten sich, so gut es ging. Oft schlief er und sie sah ihn stumm an, und manchmal hatten sie ihm so starke Schmerzmittel geben müssen, dass er zwar nicht schlief, aber doch auch nicht wach war.

Sie lernte das Krankenhaus gut kennen in dieser Zeit, jeder Gang wurde ihr vertraut. Sie kannte die Glastüren und hasste, was sie ihr eröffneten. Sie kannte die Linoleumflure und hasste das hohle Geräusch ihrer Sohlen auf dem Boden. Sie kannte den Geruch nach Schlaf, Tee und Desinfektionsmitteln und hasste jeden Atemzug, den sie nehmen musste. Und sie kannte das Zimmer, in dem er lag, die drei anderen Betten mit den Männern, deren Verwandte regelmäßig Blumen, Obst und ein wenig Zuversicht mitbrachten. Sie hasste es, ihnen zu begegnen. Sie wusste, wohin das alles führte.

Am Ende ging es schnell. Er schloss die Augen, ließ ihre Hand los, der Atem hörte auf.

Als sie nach Hause kam, in ihre riesige, leere Wohnung, ließ sie sich auf das Bett fallen. Und auf einmal sehnte sie sich nach dem Krankenhaus, nach den Türen und Fluren und der nach chemischer Sauberkeit stinkenden Luft. Und sie sehnte sich nach dem Bett, in dem ihr Mann lag und litt und noch nicht fertiggestorben war.

XX.

Es gab einen Moment, als er das Geländer bereits losgelassen hatte, er auf dem schmalen Vorsprung stand und hinunter in die Tiefe schaute, auf das strömende Wasser, einen einzigen Moment, in dem er mit absoluter Gewissheit spürte, dass er es tun könnte: dass es einfach wäre, dass er keine Angst, nicht einmal Scham empfinden würde. Dass es tatsächlich eine Möglichkeit war, nicht abwegiger als andere Möglichkeiten. Nach diesem Moment griff er wieder nach dem Geländer, das Rauschen des Flusses in den Ohren, ein neuer, veränderter Klang, kletterte zurück auf den Weg, ging von der Brücke hinunter und lebte sein Leben weiter: lebte es noch einmal.

GEGEN DAS ENDE

Niemand wollte gehen.

Alle rieben sich die Augen, und Harry gähnte lautlos, ohne sich eine Hand vor den Mund zu halten. Doch solange erzählt wurde, durfte man bleiben; ein Gesetz, das auch der Gastgeber nicht brechen konnte.

»Hast du noch was von dem Veltliner?« Boris war als Nächster dran, deshalb fragte er nach dem Wein. Wer bestellte, der bezahlte auch. Er durchsuchte sein Gedächtnis nach einer Geschichte, wie man in seinem Geldbeutel nach den letzten Münzen kramt.

»Einmal Veltliner«, sagte Harry, Bestätigung und Frage zugleich, und griff nach der leeren Flasche. Auch wenn er seit knapp zehn Jahren im Ruhestand war, hatte er nicht aufgehört, Wirt zu sein. Walther und Kubitschek nickten bloß, und Harry ging in den Keller.

Als er wiederkam, die Flasche bereits entkorkt, und alle Gläser auffüllte, stand Boris auf und ging zum Fenster. »Darf ich kurz?« Ohne eine Antwort abzuwarten, öffnete er und beugte sich hinaus. In der Wohnung gegenüber gingen langsam die Lichter aus. Nur in dem Wohnzimmer brannten sie noch, ein Salon fast, mit einem riesigen Esstisch in der Mitte. Die Leute waren alle unter dreißig, und obwohl die Musik bis hier drüben zu hören war, selbst bei geschlossenem Fenster, übertönten sie sie immer wieder mit ihrem Gelächter. Boris zählte fünf Personen, er war froh, dass sich die Party langsam auflöste; der Krach ging ihm auf die Nerven.

»Na dann, Prost«, sagte Kubitschek. Sie stießen an und blickten zu Boris. Er schloss das Fenster, obwohl nach wie vor der Zigarettenrauch in dem Zimmer stand, ging an den

Tisch und trank ebenfalls. Er behielt das Glas in der Hand, während er nachdachte.

Egal in welches Fach seines Geldbeutels er schaute, überall fand er ein Bild von Franziska. Vor ein paar Wochen hatte er sie erwähnt, das Wiedersehen mit einer alten Schulfreundin, unerwartet, zufällig, eine Anekdote, weiter nichts. Er hätte sie gar nicht erkannt, wenn sie nicht »Bobbele« gesagt hätte – der alte, bescheuerte Spitzname, der längst vergessen war. Dass sie ihn häufig angerufen hatte seitdem, dass er überrascht war, sich geschmeichelt, aber beinahe verfolgt fühlte, all das hatte er für sich behalten. Sie hatte ihm von ihren Ausbildungen erzählt, Köchin, Töpferin, Physiotherapeutin, alles abgebrochen, und von dem halbherzigen Versuch zu studieren. Von dem Doktoranden, der sich ihrer angenommen hatte, bis sie schließlich glaubte, eine Ehe mit ihm sei ihre Rettung.

»Boris?« Walther sah ihn fragend an. Er hob seine Augenbrauen und schob seine Brille zurecht.

»Prost«, sagte Boris nur, doch anstatt zu trinken, griff er in seine Hemdtasche und fingerte eine Zigarette aus der Schachtel. Die Ehe hatte gehalten, solange Franziska weder erfolgreich war noch endgültig scheiterte. Als sie zwei Semester lang plötzlich eifrig wurde, beflügelt von der neuen Sicherheit, und Arbeiten schrieb, die ein Professor als brillant bezeichnete, wurde ihr Mann immer kühler und hatte kaum noch Zeit für sie. Sie verfiel in den alten Trott, ihr Mann wandte sich ihr wieder zu, und als sie das Studium hinwarf und sich ihr Scheitern eingestand, ging alles in die Brüche.

»Freunde, seid mir nicht böse«, sagte Harry, »aber in meinem Alter ist jetzt schon tiefste Nacht.«

»Okay, okay«, sagte Boris, schloss das Portemonnaie und klopfte mit dem Filter seiner Zigarette ein paar Mal auf den

Tisch. Er setzte sich. »Also dann – stellt euch einen Mann vor, der seinen Arbeitsplatz verliert. Nicht völlig unerwartet, aber dann doch erschreckend plötzlich.« Alle drei richteten sich in ihren Stühlen auf, und Boris merkte, wie seine Stimme an Festigkeit gewann. Die Zigarette hielt er zwischen Zeige- und Mittelfinger, ohne sie anzuzünden. »Er war Oboenbauer, angestellt bei einem Meister, und zuletzt waren die Aufträge etwas spärlicher geworden.« Er hatte die Geschichte vor Jahren in der Zeitung gelesen, bloß eine kurze Meldung. Welche Arbeit der Mann gehabt hatte, war gar nicht erwähnt worden. »Er ist seit fast dreißig Jahren verheiratet. Kinder haben sie keine, das haben sie irgendwie verpasst, aber sie leben seit ihrer Hochzeit in derselben Wohnung. Teilen dasselbe Bett, haben ein gemeinsames Konto. Doch dass es bei der Arbeit schlecht lief, das hat er seiner Frau nicht gesagt. Je dünner die Luft wurde, desto weniger konnte er darüber sprechen. Und jetzt, nachdem er entlassen werden musste, da haut er ab.« Er machte eine kurze Pause, sah jedem einmal in die Augen. »Er verschwindet einfach, ohne ein Wort des Abschieds.«

Walther und Kubitschek hoben synchron ihre Gläser. Sie tranken und schluckten lautlos; wohlkoordiniert, obwohl Harry im Laufe des Abends schon einige leere Flaschen weggeräumt hatte.

»Er fährt zu seinen Eltern, dann zu einem alten Freund, schließlich zu seiner Schwester und am Ende zu deren Ex. Überall bleibt er ein paar Tage, er sagt niemandem die Wahrheit. Und dann wird er plötzlich wütend auf seine Frau. Er weiß, dass es Schwachsinn ist, aber er fühlt sich *von ihr* verlassen und hegt einen schlimmen Verdacht. Sein Misstrauen entwickelt die wildesten Fantasien, bis er in die Stadt zurückkehrt, zur Bank geht und sich Auszüge aus dem Automaten zieht. Er erwartet schon, dass das Konto leergeräumt, vielleicht sogar aufgelöst oder gesperrt ist, aber was er auf dem Auszug zu lesen kriegt, das wirft ihn um.« Erneut machte Boris eine Pause, er nahm das Feuerzeug in die linke Hand, zündete die Zigarette aber noch immer nicht an. »Seine Frau hatte eine Überweisung auf das eigene Konto gemacht, Betrag ein Cent, und im Verwendungszweck stand: Komm zurück! Melde Dich! Bitte bitte bitte bitte – sie hatte den gesamten Platz genutzt und mit BITTEs gefüllt. Alles in Großbuchstaben. Die Bankangestellten hatten zuerst gedacht, da sei jemand pleite. Es komme manchmal vor, dass Leute in Tränen ausbrechen, wenn sie ihre Auszüge holen. Aber so geweint wie der hätte noch niemand.« Boris lächelte, er wusste, dass er seinen Teil getan hatte, um den Abend zu verlängern. Das Bleiberecht. Er legte das Feuerzeug auf den Tisch und trank einen Schluck. »Natürlich hat er sich gemeldet«, sagte er, »und die beiden haben quasi noch mal von vorne angefangen. Weniger Kohle, aber ein zweiter Frühling.«

»Nicht schlecht«, sagte Harry, seine Augen etwas wacher, und Walther steckte sich eine Zigarette an. Kubitschek nickte, er war als Nächster an der Reihe.

Boris schloss die Augen. Franziska hatte ohne Pause erzählt, und die Intervalle ihrer Anrufe waren immer kürzer geworden. Schließlich war kein Tag vergangen, ohne dass sie sich meldete, und ganz am Ende erst, am Abend vor ihrem Schlaganfall, hatte sie ihn gefragt: »Und du – wie ist es dir eigentlich ergangen?«

»Hab ich euch je von der Anita erzählt?«, begann Kubitschek. »Meine Kollegin.«

Alle nahmen Haltung an, Walther drückte seine Zigarette aus, die nur zur Hälfte geraucht war, und Harry schenkte noch einmal nach. Boris hatte Mühe, seine Gedanken von Franziska abzuwenden. Man hatte ihn aus dem Krankenhaus angerufen, weil seine Nummer als erste in ihrem Handy gespeichert war und das Telefon so viele Anrufe bei ihm verzeichnete. In den letzten Wochen hatte sie überhaupt nur ihn angerufen. Ihren Ex-Mann hatte sie gelöscht.

»Die Anita war ziemlich neu«, sagte Kubitschek. Er ordnete sein Glas, Walthers Zigarettenschachtel und den Aschenbecher zu den Eckpunkten eines gleichschenkligen Dreiecks an, ehe er weitersprach. »Na ja, schon eineinhalb Jahre dabei oder so, aber es werden so selten Leute eingestellt, dass sie immer noch als Küken durchging. Sie hat sich nicht schlecht gemacht, ist ein paar Wochen bei uns mitgefahren, mal bei dem, mal bei jenem, aber recht bald hat sie ihre eigenen Touren bekommen.«

Kubitschek war nicht mit Leidenschaft, aber doch so selbstverständlich Paketkurier, dass man immer glaubte, er habe sich nie einen anderen Beruf vorstellen können. Sein Vater war Postbote gewesen, Beamter auf Lebenszeit, mit Pension und allem Drumherum, und Kubitschek hatte es wahrscheinlich schwerer gehabt als er. Aber er sagte, vom Postboten zum Paketfahrer, das sei eine Steigerung. Eine Vergrößerung jedenfalls. »Papas Lebenswerk hat durch einen Briefschlitz gepasst, ich muss bei den Leuten klingeln. Wenn ihr mich fragt, ist das so eine Art Wirtschaftswunder.«

Boris steckte sich die Zigarette an; je länger man das hinauszögerte, desto genussvoller war der erste Zug. Er war ins Krankenhaus gefahren, hatte sich zu Franziska führen lassen und einen Stuhl an ihr Bett geschoben. Aus der Intensivstation war sie in ein Zweibettzimmer gebracht worden, ihr Zimmergenosse jedoch lag nur stumm da, eine menschliche Attrappe. Die Augen geschlossen, den Mund geöffnet, bloß Atemgeräusche und hin und wieder ein Grunzen oder heiseres Husten von sich gebend. Eine neurologische Demonstrationspuppe. Dass es Franziska nicht besser ging, gestand sich Boris lange nicht ein. Ihre Augen waren geöffnet, das hielt er für ein gutes Zeichen. Dass sie sie niemals schloss, auch so zu schlafen schien, hätte er wohl von vornherein als das Gegenteil deuten müssen. Ihre einzigen Reaktionen waren halbe Drehungen ihres Kopfes; mal wandte sie sich ihm zu, dann wieder von ihm ab, in so großen Abständen, dass Boris keinen Rhythmus darin erkennen konnte. Von Anfang an, nach wenigen Minuten der Stille, hatte er zu erzählen begonnen, fast ohne Unterbrechung, und er redete stundenlang, bis eine Schwester zu ihm kam und ihn darauf hinwies, dass Franziska ihn wahrscheinlich gar nicht höre. »Sie ist nicht tot«, presste er hervor, ohne die Schwester anzusehen, deren sanftmütiger Ton ihn geärgert hatte. Franziska brauchte keine Rücksichtnahme, kein Katzenpfotengeschleiche, sondern jemanden, der weitermachte. Sie hatte ihn gefragt, wie es ihm ergangen sei, und solange er fortfuhr, ihr zu antworten, würde sie am Leben bleiben. »Sie ist nicht tot«, sagte er noch einmal, freundlicher diesmal, und lächelte die Schwester an, bis sie das Zimmer verlassen und die Tür hinter sich geschlossen hatte.

»Für ihre Touren hat die Anita immer ein bisschen zu lange gebraucht. Ist normal am Anfang, aber irgendwann musst du halt schneller werden. Und das Komische war, dass sie trotzdem bei großen Häusern immer versucht hat, alle Pakete bei nur einem Mieter abzugeben. Mit Zettel für den Nachbarn, ihr wisst schon. Ohne überhaupt zu schauen, ob die andern da sind. Das bringt eine ganze Menge Zeit, wenn es gut läuft, und wir haben uns immer gefragt, was sie so lange gemacht hat.« Kubitschek trank einen Schluck, auch er beherrschte die Kunst, an den richtigen Stellen eine Pause zu machen. »Sie wollte schwanger werden«, fuhr er fort, beugte sich vor und drosselte kurz seine Stimme: »Nichts hat sie sich sehnlicher gewünscht als ein Kind. Und in den Pausen, na ja, da ist sie wohl mal eben zu ihrem Freund nach Hause gefahren und hat versucht, sich befruchten zu lassen.«

Boris lachte über die Formulierung und drückte seine Zigarette aus. Er zählte jetzt nur noch drei Personen in der Wohnung gegenüber, und obwohl die Geräusche von dort ihn seit einer Weile nicht mehr behelligten, freute er sich, dass die Party offenbar gleich ganz vorbei war.

»Die Konkurrenz wird härter, ihr wisst ja eh, wie es ist. Jeder Scheiß wird online bestellt und um die halbe Welt gekarrt, aber kosten darf es alles nix. Immer mehr Unternehmen mit immer weniger Leuten und und und.« Kubitschek hob die Hände, abwehrend, als hätte sich jemand über die Ausführlichkeit seiner Auslassungen beklagt, und rückte die Eckpunkte seines Dreiecks zurecht. »Um es kurz zu machen: Viele sprachen von Kündigungen, und das hat echt gestresst. Auch die, die die Gerüchte gestreut haben. Anita hat kaum noch geschlafen, hat sie gesagt, und mit dem Schwangerwerden hat es einfach nicht geklappt. Jetzt wär's perfekt, hat sie immer gesagt, ich hab nen Job, ich hab nen Freund, besser wird das nicht mehr. Na gut, es ging weiter, wurde immer schwieriger, und schließlich stimmten die Gerüchte. Es gab einen Sozialplan, und Anita war eine von denen, die dran glauben mussten. Sie war die Jüngste, am wenigsten lange da, und vor allem: keine Kinder. Ganz schön bitter, oder?«

Walther nickte, Boris war sich nicht sicher, ob er Tränen in seinen Augen sah oder nur der Alkohol darin glänzte. Die Brille machte seine Augen größer, zugleich wirkten sie weiter entfernt. »Menschenskind«, sagte Walther, aber Kubitschek war noch nicht fertig.

»Geht weiter«, sagte er, hob beide Zeigefinger und vergewisserte sich noch einmal, dass das Dreieck auf dem Tisch in Ordnung war. »Anita war noch kein Vierteljahr weg aus der Firma, da hab ich sie in der Stadt getroffen. Ich hatte Angst, dass es ihr richtig schlecht geht, und ich war sogar kurz versucht, ihr auszuweichen. Aber sie hatte mich schon entdeckt, ist auf mich zugelaufen und hat mir gewunken. Richtig mit den Armen gerudert hat sie, und ihr Gesicht war ganz hell vor Freude. Kubitschek, hat sie gerufen, du glaubst es nicht: Ich krieg Zwillinge!«

Diesmal war es andersherum: Alle drei glaubten, es gehe weiter, aber Kubitscheks Geschichte war zu Ende. Harry und Walther sahen einander an und nickten anerkennend; vielleicht auch nachdenklich, das war nach all den Stunden und Flaschen nicht mehr eindeutig zu sagen. Boris schenkte sich Wein nach, lehnte sich zurück. Franziskas Zustand hatte sich über Tage nicht verbessert. Verschlechtert ebenso wenig, und die Ärzte sagten, das sei durchaus ein Grund zur Freude. »Nicht selbstverständlich jedenfalls. Gehen Sie nach Hause, wir rufen Sie an, wenn sich etwas bewegt.«

Etwas bewegt. Boris wusste nicht, was das bedeutete, aber tatsächlich war er übermüdet und folgte dem Rat des Arztes. Er nahm sich ein Taxi und blieb am nächsten Tag zu Hause. Er schlief immer wieder ein, mal auf dem Sofa, mal auf dem Bett, ging auf und ab, sah auf sein Handy und blätterte ziellos Zeitschriften durch, die zum Teil schon seit Monaten bei ihm herumlagen.

»Walther, wie schaut's aus?« Harry meinte damit nicht nur die Weinflasche, die er über Walthers Glas hielt, sondern sicherlich auch seine Pflicht zu erzählen. Ansonsten wäre der Abend zu Ende gewesen.

»Natürlich«, sagte Walther, und auch er meinte beides und nickte zufrieden, als sein Glas wieder voll war. Er trank einen Schluck und nahm seine Brille ab. Das tat er immer, wenn er an der Reihe war. Er legte die Brille vor sich auf den Tisch, nahm sie immer wieder in die Hand, schob sie vor oder zurück, öffnete die Bügel oder hielt sie gegen das Licht, als müsste er die Sauberkeit der Gläser prüfen. »Ein Kind, liebe Freunde«, begann er. Seltsamerweise sprach er leiser, sobald er die Brille abgesetzt hatte. Bedächtiger. Alle beugten sich vor und sahen ihm in die Augen, die plötzlich winzig wirkten.

»Ein Kind wird im Keller eingesperrt. Versehentlich oder als Strafe, wer weiß das schon. Vielleicht hat es einen großen Fehler begangen, für den es jetzt büßen muss.« Er klappte beide Bügel seiner Brille auf und wieder zu. Ob er die andern ansah, war schwer zu entscheiden; Iris und Pupillen waren kaum zu sehen. Seine leise Stimme und der Märchenton seiner Geschichten hatten auf Boris immer eine behagliche Wirkung, selbst wenn es oft grausam darin zuging, unheimlich oder sogar furchteinflößend war.

»Das Kind bekommt nichts zu essen. Stattdessen lutscht es immer auf einem Stück Metall herum. Das macht das Kind satt, besänftigt es, nimmt ihm die Angst. Es verlängert sein Leben.« Walther nickte, während der kurzen Pause fragte sich Boris, ob alle drei sich ein ähnliches Kind vorstellten. Er hatte einen Jungen vor Augen, warum, wusste er nicht. Der Junge trug ein Hemd und eine Weste, schmutzige Hosen und keine Schuhe. Lange Haare, ungewaschenes Gesicht und wache Augen. Ein armer Junge aus einem Märchenfilm, wie Boris sie als Kind geliebt hatte.

»Irgendwann aber hilft es nichts mehr: Das Kind verhungert. Ausgezehrt und vertrocknet liegt es da, als man es findet. Und in seinem Mund findet man das Stück Metall. Es ist – der Kellerschlüssel.«

Obwohl Walthers Geschichte bislang die kürzeste des gesamten Abends war, hatte Boris das Gefühl, einem ganzen Film gefolgt zu sein. Niemand sagte etwas. Erst als Walther seine Brille wieder aufsetzte und alle der Reihe nach anschaute, nickte Harry, Kubitschek prostete ihm zu, und Boris sah aus dem Fenster. Noch immer brannte Licht, aber nur noch eine Person saß an dem riesigen Tisch. Wahrscheinlich der Gastgeber, dachte Boris, und er wusste selbst nicht recht, wieso er sich wünschte, auch er ginge bald ins Bett.

Er hatte nicht gewartet, bis das Krankenhaus ihn anrief, sondern war nach einem Tag zu Hause wieder zu Franziska gefahren. Sie lag unverändert in ihrem Bett, das Gesicht ohne jeden Ausdruck. Sie wirkte Jahre älter als ein paar Tage zuvor, und doch erkannte er jetzt erst das Mädchen wieder, das ihn auf dem Schulhof angeschaut hatte. Geduldig, still und freundlich, mit etwas blöder Neugier. Er hatte das Gefühl, dass ihr Atem unregelmäßig ging, und das Gerät, das ihren Herzschlag und den Blutdruck überwachte, gab Geräusche von sich, die er nicht deuten konnte. Als er an ihrem Bett saß, klingelte sein Handy. Er erschrak und machte es aus, wahrscheinlich durfte es hier gar nicht eingeschaltet sein. Kurz darauf kam ein Arzt in das Zimmer, sah ihn überrascht an und sagte, er habe ihn eben anzurufen versucht.

»Ich möchte Ihnen keine Angst machen«, sagte er, »aber wir denken, es ist besser, wenn sie jetzt dableiben, bis – wir glauben einfach, dass es Frau Baake guttut, Ihre Stimme zu hören.«

Boris nickte.

»Vielleicht hält sie durch, solange Sie mit ihr sprechen«, sagte der Arzt. »Ich lasse Sie jetzt allein. Bitte sehr.« Er deutete auf Franziska, als er hinausging.

Boris wusste plötzlich nicht mehr, was er Franziska noch erzählen sollte. Er spürte Panik, leise nur, wie aus der Ferne sich nähernd, und den heftigen Impuls aufzustehen und davonzulaufen. Doch er blieb. Nach der zehnten Klasse hatte er die Schule gewechselt, war mit seiner Mutter fortgezogen, nachdem sein Vater sie für ein Mädchen hatte sitzen lassen, das Boris' ältere Schwester hätte sein können. Gerade volljährig war sie geworden, juristisch war es erlaubt. Von dem Moment an bis zum heutigen Tag hatte er Franziska im Schnelldurchlauf alles erzählt; hatte Stationen genannt, Namen und Orte, erschreckend wenig alles in allem, und hin und wieder eine Geschichte aus der Schule eingeflochten, an die er sich plötzlich erinnerte. Auch Harry, Walther und Kubitschek hatte er erwähnt; ihre Treffen, ihr Spiel, ihre Eigenarten. Nun fing er von vorne an, das war besser als zu schweigen. Und besser als das Piepsen der Apparate zu hören, an denen Franziska hing. Nach wenigen Minuten merkte er, dass er jetzt, beim zweiten Durchlauf, alles ein wenig anders erzählte als Tage zuvor. Hier etwas ausschmückte, dort etwas straffte, andere Farben verwendete, um dasselbe Bild zu malen.

»Harry?«

»Ich weiß nicht, Leute, ich will euch echt nicht rausschmeißen, aber …«

»Na komm schon, Mann, letzte Runde!« Walther sprach wieder deutlich lauter, und Kubitschek verschob sein Glas und den Aschenbecher, zerstörte das Dreieck.

Boris sah aus dem Fenster, und in dem Moment ging das Licht drüben aus. Endlich, dachte er reflexartig, doch zugleich kniff er seine Augen zusammen und versuchte, trotz der Dunkelheit noch etwas zu erkennen. Versuchte zu sehen, ob der Mann auch ohne Licht noch am Tisch saß, vielleicht hinüberschaute zu ihnen. Doch da war nur Finsternis, nachtschwarze Fensterscheiben, die keinen Blick mehr durchließen. Boris spürte eine jähe, krasse Enttäuschung.

»Freunde, ich kann echt nicht mehr. Ich bin ganz schön am Ende.«

Boris hatte leise gesprochen, aber kaum eine Pause gemacht. Je länger er erzählte, desto mehr Details fielen ihm ein, und es war plötzlich unerheblich, ob sie der Wahrheit entsprachen oder Ausschmückungen waren, die ihm gerade erst einfielen. Er schaute Franziska an, nicht die Geräte, und redete und redete. »Weißt du noch«, sagte er, »damals« und »hör zu, die eine noch«, und hatte das sichere Gefühl, dass sie ihm folgte. Dass sie blieb, solange er nicht fertig war. Als sich schwer eine Hand auf seine Schulter legte, zuckte er zusammen. Er fuhr herum, den Mund geöffnet, und brauchte ein paar Sekunden, um zu begreifen, was er im Gesicht des Arztes sah. Der deutete auf die Geräte, eine Linie nur und ein leiser, gleichförmiger Ton, sagte etwas, das Boris nicht verstand, und im nächsten Moment waren noch zwei weitere Ärzte, eine Schwester und ein Pfleger im Zimmer. Sie scheuchten ihn hinaus und riefen sich halbe Sätze zu in einer Sprache, die Boris nicht kannte. Die Tür wurde zugeschlagen, er war einen Moment ohne Orientierung und stand wie ausgesetzt auf dem Flur. Das kalte Licht der Leuchtstoffröhren, das glänzende Linoleum, der chemische Geruch, den Boris bis eben nicht gerochen hatte.

»Boris? Boris!«

Er sah auf, hätte beinahe sein Glas umgestoßen. Walther und Kubitschek standen bereits, Harry hatte die leere Flasche in der Hand. »Na komm schon, du bist doch auch nicht mehr der Frischste.«

Boris nahm sein Glas und trank den letzten Schluck aus, seinen Kopf tief in den Nacken gelegt. Er erhob sich, spürte plötzlich, wie betrunken er war. Er schwankte, einer der anderen lachte, und Boris sah ein letztes Mal zum Nachbarn hinüber: nichts. »Verdammte Scheiße«, sagte er, »gottverdammte Scheiße!« Einer der Ärzte hatte es ihm gesagt, wenige sachliche Worte nur, Medizinerlatein und herzliches Beileid.

»Boris, jetzt entspann dich mal.«

»Franziska«, sagte Boris, hielt sein leeres Glas fest und setzte sich wieder.

Die andern wirkten erstaunt, sie sahen ihn an und bewegten sich nicht.

»Ich weiß noch eine«, sagte Boris, nahm die Schachtel aus seiner Tasche und zündete sich eine Zigarette an. Walther tat es ihm gleich, Kubitschek ließ sich auf den Stuhl fallen, auf dem bis eben Harry gesessen hatte. Alle blickten zu ihm. »Eine einzige noch«, sagte Boris. Dann fing er an zu erzählen.

ANDREAS LEHMANN, geboren in Marburg, hat Buchwissenschaft, Amerikanistik und Komparatistik in Mainz studiert und lebt in Leipzig. Er war zweimal Teilnehmer des Open Mike-Wettbewerbs der Literaturwerkstatt Berlin, hat Werkstattstipendien der Jürgen-Ponto-Stiftung, der Autorenwerkstatt Prosa des Literarischen Colloquiums Berlin und der Romanwerkstatt im Brechtforum Berlin erhalten. Im Karl Rauch Verlag erschienen seine Romane *Über Tage* und *Schwarz auf Weiß*. 2022 wurde Andreas Lehmann mit dem Robert-Gernhardt-Preis ausgezeichnet.

Bibliografische Information der Deutschen Nationalbibliothek
Die Deutsche Nationalbibliothek verzeichnet diese Publikation
in der Deutschen Nationalbibliografie;
detaillierte bibliografische Daten sind im Internet
über http://dnb.d-nb.de abrufbar.

Lektorat: Alexander Löwen, Berlin
Coverfoto © Ferdinando Scianna /
Magnum Photos / Agentur Focus
Covergestaltung und Satz: Sebastian Maiwind, Berlin
Gedruckt auf chlor- und säurefreiem Papier und
gebunden bei Finidr in Cěský Těšín.
 Printed in Czech Republic.
ISBN 978-3-7920-0278-0

www.karl-rauch-verlag.de